감사의 글

물론 저의 부모님께 먼저 감사를 드리고 모든 것을 바칩니다. 부모님이 아니었으면 오늘날 제가 존재하지 않기 때문입니다.

언제, 어디서나, 제게 조금의 공덕이라도 있다면, 항상 부모님께 회향합니다.

공 지

이 글은 대중에게 알려진 동화들의 원작들에서 영감을 받아 써내려 간 저자의 창작 소설입니다.

비슷한 이름, 비슷한 인물, 비슷한 사건 등등은 단순한 우연이고 어느 누구도 모욕하거나 비방할 의도가 없고 다른 의견도 존중합니다.

재미있고 의미있는 시간이 되시기를 바랍니다!

잠깐!

진리를 모르고 사는 사람의 백 년은
진리를 깨닫고 사는 이의 하루 보다 못하다.
--- 법구경

목 차

콩라

미녀

옛날, 한 마을에 너무나 예뻐서 미녀라고 불리는 소녀가
있었다.
"어쩜, 지나가던 짐승도 멈춰서 볼 정도라니까!"
동네 사람들 모두 미녀를 귀여워했고 미녀의 부모를 부러
워했다.
"저렇게 예쁘면 나중에 왕비로도 간택되겠어."
"그러게 말야. 자식하나 잘 둬서 호강하게 생겼어!"
미녀의 어머니 금햇은 하루가 다르게 아름다운 처녀로 성
장하는 딸을 뿌듯한 마음으로 바라보면서 풍요로운 장래
를 꿈꾸었다.
'왕비의 어머니, 대비마마! 호호호!'

미녀에게는 동생 팥앨이 있었다. 하지만 팥앨에게는 아무
도 신경을 쓰지 않았다. 예쁘지도 않은데다 오만 불손하
고 건방져서 모두가 혀를 내두를 정도였기 때문이다.
'어떻게 저런 게 태어나서 어미 얼굴에 먹칠을 하고 다니
는지. 쯧쯧.'
금햇은 팥앨이 귀찮을 정도였다.

4

그러던 어느 날부터 금햇은 남편이 뭔가를 숨긴다는 생각이 들었다.

'밤마다 일어나서…'

남편이 거의 매일 한밤중에 일어나 한동안 사라졌다가 잠자리로 돌아왔기 때문이다.

"밤에 잠은 안자고 어디를 쏘다니는 거예요?"

"어? 아니 쏘다니긴? 볼일 보러 변소에 갔다 온 게지."

하지만, 금햇은 남편에 대한 의심을 버릴 수가 없었고, 하루는 몰래 남편을 따라가기로 마음먹는다.

'어디, 오늘은 내가 무슨 짓을 하는 지 기어코 알아내고야 말거야.'

밤이 되어 이부자리에 들은 금햇은 눈을 감고 자는 척 하고 있었다. 한 십 분쯤 지났을까, 아니나다를까 남편이 일어서는 인기척이 느껴졌다. 남편은 부인이 깊은 잠에 빠졌을 것이라 생각하고 거침없이 방을 나섰다. 이윽코, 금햇도 살그머니 문을 열고 남편의 뒤를 따라갔다.

'하루 이틀 하는 것도 아니고…'

금햇은 조바심에 흥분되었다.

남편을 따라가던 금햇이 소스라치게 놀란다. 남편이 딸 미녀의 방으로 들어가고 있었기 때문이다.

'아니 이 밤중에!'

금햇은 자신의 눈을 믿을 수가 없었다. 금햇은 방으로 다가가 방문에 귀를 대고 들었다.

"아이고, 우리 예쁜이, 오늘도 이 아비를 좀 즐겁게 해줘
야지?"

금햇은 자신의 귀를 믿을 수가 없었다.

'설마!'

금햇은 손으로 자신의 입을 틀어막았다. 너무나 놀라서
비명이 절로 나왔기 때문이다.

'내 코밑에서!'

다리가 풀리더니 금햇이 힘을 잃고 그 자리에 털썩 주저
앉아 버린다. 평생 쌓아왔던 믿음이 송두리째 으스러져버
리고 대신 배신감과 혐오감이 그 자리를 메꾸고 있었다.

'아이고 머니나... 아이고... 아이고... 하늘이 내려앉는구
나!'

금햇은 혼이 빠진 듯 그 자리에서 일어설 줄을 모르고 있
었다. 방에서 나오는 신음소리가 천둥소리처럼 귀에서 쩌
렁쩌렁 울려 두통을 주는데도 불구하고 금햇은 자리를 뜰
줄을 몰랐다. 가슴에서 쥐어짜는 듯한 고통으로 심장이
천근처럼 내려앉았고, 다리가 만근처럼 무거웠기 때문이
다. 그리고, 금햇은 흐느꼈다.

'왕비의 어머니로 여생을 호강하면서 살겠다고 자랑을 하
고 다녔는데, 이제 처녀가 아닌 저 애를 누가 데려갈꼬.
내 꿈이 다 깨져버렸구나! 모두 나를 바보라고 비웃을 거
야. 저 쓰레기보다 못한 놈!'

금햇은 역겨워 구토가 나올 지경이었다. 하지만, 가만히
앉아 있자니, 방문 너머 들리는 신음소리가 마치 사랑하

6

는 두 선남선녀의 잘 맞춰진 노래를 연상케 하였다. 전혀 강제성이 없었던 것이다.

'저 쓰레기 보다 못한 년! 감히 지어미를 욕보여도 유분수지. 지옥에 떨어질 년!'

금햇은 이제 남편과 함께 미녀까지 욕을 하고 있었다. 그리고 이내, 금햇이 정신을 차리기 시작했다. 딸이 불쌍한 것이 아니라 오히려 요부라는 생각이 들자 미녀가 자신의 딸이 아닌 요괴라는 생각이 들었기 때문이다.

'요괴가 우리 딸을 잡아먹었구나. 지지리도 못난 남편이 요괴의 꾀임에 넘어간 거야.'

믿을 수가 없는 상황에 충격을 먹은 금햇이 자신의 상식으로 이해할 수 있는 정당화를 하기 시작한 것이다. 이는 금햇에게는 자기보호 본능이었다. 무의식중의 정당화가 일어나지 않았다면 금햇은 분노심에 혼을 잃고서 정신병자가 되었을 것이기 때문이다.

'내가 여기 있다가 들키면 내 목숨이 위험할 것이야.'

금햇은 다시 기운을 내서 일어섰다. 그리고 부리나케 방으로 돌아와 이불 속으로 들어갔다.

얼마나 지났을 까, 미녀의 아버지가 여느 때와 같이 이불속으로 돌아왔다. 금햇은 잠을 자는 척 눈을 꼭 감고 돌아누웠다. 미녀의 아버지는 이내 만족한 듯 코를 골며 깊은 잠에 빠졌다.

계획

그날 이후, 금햇은 요괴를 없앨 계획만을 곰곰이 생각했다. 그리고 드디어 한 가지 결심을 하였다. 미녀에게 독극물인 비소를 먹이기로 한 것이다.

'비소는 오랜 시간에 걸쳐서 티도 나지 않게 죽이니까 걱정 없어.'

며칠이 지나자, 비소가 섞인 밥을 먹은 미녀의 얼굴이 새하얗게 창백해지기 시작했다. 이를 본 동네 사람들은 미녀의 아름다움을 더욱 더 칭찬하기 시작했다.

"눈같이 새하얘!"

"아유, 사람이 아니라 요정 같아!"

"저런 절세의 미녀는 백년에 한 번 날까말까 할 거야."

"하늘의 복으로 타고 난 거여!"

이후, 미녀는 하얀 피부를 가졌다는 뜻인 백피라고 불리면서 미녀로서의 명성을 오히려 더 해나갔다. 그리고 백피와 백피 아버지 사이의 밤행각은 하루도 빠짐없이 끊이지 않고 있었다.

'왜 이렇게 죽는데 오래 걸려?'

금햇의 불만은 이만저만이 아니었다.

어느 날, 남편이 팥앨과 같이 집을 비운 틈을 타서, 금햇은 비소가 잔뜩 들어간 주먹밥을 만들었다.

"백피야 나들이 가자."

"나들이요? 아이 좋아!"

그리고, 금햇은 하인들에게 일을 시켜 집을 비우게 한 후, 아무도 없는 틈을 타서 백피의 손을 잡고 산으로 올라갔다.

깊은 산속으로 들어가자 금햇은 백피를 앞으로 걸어가게 한 뒤, 집에서 가지고 온 소금 주머니를 꺼내 백피를 따라가면서 소금을 조금씩 땅에 뿌렸다.

"백피야, 목이 마르다. 저기 가서 물 좀 받아 오거라!

"예, 어머니!"

깊은 산속은 해가 빨리 기울었다. 금햇은 딸이 사라지자마자 비소를 넣어 만든 주먹밥 보자기를 내려놓고, 소금 뿌렸던 길을 따라서 산을 내려왔다. 금햇은 백피를 깊은 산중에 버리기로 결심한 것이다.

'내가 오면서 소금 흔적을 없앴으니 이렇게 깊은 산속에서 혼자 길을 찾아 집으로 돌아오기는 불가능 할 거야!'

집으로 돌아 온 금햇은 오랜만에 마음의 평안함을 느꼈다.

이윽코, 백피가 물을 들고 돌아왔다. 하지만, 어머니가 있던 자리에는 주먹밥을 싼 보자기만이 있었다.

"짐승에게 잡아먹히셨나?"

백피는 보자기를 들고 숲속을 헤매고 다녔다. 한참 후, 피곤해진 백피는 그 자리에 앉아서 잠에 빠져버렸다.

난장이

다음 날, 해가 떴다.

"살아있어?"

"숨은 쉬고 있는데?"

"사람 같아?"

"사람치고는 피부가 너무 하얗잖아."

"사람이 아니라서 숲속에 버렸나봐!"

"인간들은 요괴들을 산속에 버린다고 하더라!"

"아니야, 화형 시킨다고 했어!"

"그럼 이건 뭐지?"

"내가 알아? 나도 처음 보는데!"

주위에서 웅성거리는 소리가 들려 눈을 떠보니 조그만 아이들이 눈을 말똥말똥 뜨고 백피를 바라보고 있었다.

"너희들 우리 엄마 봤어?"

아무도 대답을 하지 않았다.

"집으로 가는 길을 잃어버렸어."

"너, 우리가 애들로 보여?"

"아니야?"

백피가 옷에 묻은 잎과 흙을 털면서 자리에서 일어난다.

"여봐, 너희들 키가 내 허리에도 못 미치잖아."

"우리는 성인이야."

"성인?"

"그럼, 너희들 난장이야?"

"너희들이라고? 우리한테 존대말을 해야 하지 않겠어? 너는 엄마를 찾으니 아직 어린이 같은데?"

"상관없어. 우리 집 가는 길 좀 가르쳐 줘!"

"안돼!"

"왜?"

"우리는 인간들하고 떨어져 살고 있어. 너는 다시는 인간 사회로 돌아갈 수 없어."

"뭐?"

"우리를 보호하기 위해 할 수 없어."

그 말을 들은 백피가 커다랗게 울기 시작했다. 그러자, 난장이들이 귀를 막는다.

"아유, 듣기 싫어!"

"어떻게 좀 해봐!"

난장이들이 나이가 가장 많아 보이는 난장이를 쳐다본다.

"울지 말고 내 말 좀 들어봐! 여기는 인간 사회 보다 더 재미있고 더 행복해."

나이 많은 난장이가 백피를 위로하자 백피가 울음을 그친다.

"더 재미있다고?"

"그래, 며칠만 살아봐. 다시는 인간 사회로 돌아가고 싶지 않을 걸?"

"재미없으면?"

"살아보고 재미없으면 그때 우리가 인간 사회로 돌아가는 길을 가르쳐 줄께!"

"약속해?"

11

"우리는 거짓말을 못해!"
하지만, 난장이들은 약속을 지킬 생각이 전혀 없었다.

그때 뒤에서 듣고만 있던 난장이가 앞으로 나선다.
"나 배고파. 이제 가서 뭐 좀 잡아 먹자."
"그래! 배고프다!"
"어? 나한테 먹을 것 있어."
백피가 보자기를 꺼내든다.
"이것 봐! 우리 엄마가 나 먹으라고 주먹밥을 만들어 주셨어. 너희들 먹어도 충분한 양이야!"
"인간 세상 음식 좀 먹어보자!"
"그래!"
그리고 백피와 난장이들은 주먹밥을 나눠 먹었다.

점

밤이 되었다. 백피가 어성어성 돌아다니자 한 난장이가 물어본다.
"왜 잠을 자지 않니?"
"밤마다 잠을 자기 전에 하던 일이 있는데 그것을 안 하니까 잠이 오지 않아!"
"뭔데?"
백피는 아버지가 밤마다 자신한테 한 모든 것을 난장이들에게 가르쳐주었다. 이후, 난장이들은 하루씩 교대로 돌아가면서 백피가 잠을 잘 수 있도록 도왔다.

"우리가 일곱 명이니까 일주일에 한 번씩 돌아가면서 백
피를 재우자!"
백피는 숲에서도 여전히 몸을 내주고 있었던 것이다.

그리고 오랜 세월이 지났다. 하루는 금햇이 숲 속에 버려
진 백피에 대한 호기심이 났다.
'지금 쯤 저 세상 사람이 되어 있겠지? 주먹밥에 그렇게
많은 비소를 넣었는데 지가 별 수 없지. 호호호!'
금햇은 즐거운 마음으로 점쟁이를 찾아갔다.
"저기요, 이 세상에서 제일 예쁜 여자가 누구예요?"
금햇은 백피의 생사여부를 알고 싶어서 말을 돌려 물었
다.
'가장 예쁘다고 사람들이 입을 모았던 백피가 없으니 분
명히 다른 여자 이름을 댈 것이야. 내 이름을 댈 지도 몰
라! 호호호!'
금햇은 날아갈 듯 즐거워하고 있었다.
"가장 예쁜 여자?"
"예!"
"뭐, 그런 호기심도 있어?"
"아이, 왜, 우리 딸이 가장 예뻤었잖아요. 그래서..."
동네에는 백피가 실종되었다는 소문이 퍼진 지 오래였다.
"흠... 지금도 그런데?"
"예? 지금도요?"
"그래!"
"아니, 우리 딸애가 그렇게 예뻐요?"

13

금햇은 백피가 죽었다고 단정하고 있었다.

"아니, 웬 팥앨타령이야? 누가 팥앨 예쁘다고 하는 소리 들어봤어?"

점쟁이가 배를 잡고 깔깔거리며 웃어대자 금햇은 어리둥절해졌다.

"세상에서 가장 예쁜 여자는 여전히 백피라고!"

"아니, 그럴 리가 없는데요. 아니, 내 말은... 그러니까 이 세상, 이생에서 말예요!"

"그럼, 저승 얘기를 하랴? 저승까지 따지면 예쁜 여자가 한 둘이야?"

"아니, 이생에서 지금 현재 가장 예쁜 여자가 백피라고요? 그러니까 백피가 아직도 살아있다고요?"

"아니, 자기 딸 산 것도 몰라? 어미는 자식하고 보이지 않는 끈이 연결되어 있어서 다 아는 법인데."

"그럴 리가... 아니, 그러니까..."

금햇이 횡설수설하자 점쟁이가 혀를 찬다.

"거참, 내 말을 못 믿나? 그럴려면 왜 왔어? 별꼴이네."

"아니, 못 믿는 게 아니라, 그러니까, 그게... 영... 아니... 내 느낌이..."

점쟁이는 답답하다는 듯이 마법의 거울을 보여준다.

"육안으로 보지 않으면 믿지를 못하는 게 인간들의 약점이라니까. 쯧쯧."

점쟁이가 내민 마법의 거울에는 백피가 행복에 겨워 노래를 부르며 꽃을 따고 있는 모습이 보였다.

"아, 여기 봐! 재미있게 살고 있네!"

금햇은 충격을 먹었다.

백피

그날 밤, 남편이 깊은 잠에 빠져 있을 때 금햇은 백피를 찾아 숲속으로 들어갔다. 점쟁이의 말을 직접 눈으로 확인해야지만 속이 시원할 것 같았기 때문이다.

'여기쯤이었는데.'

그때, 한 쪽에서 연기가 피어오르는 것이 보였다.

"저기구나!"

연기를 따라서 숲을 헤치고 조금 나아가자 조그만 집 같은 것이 보였다.

'뭐야, 이렇게 낮아... 하마터면 못 볼 뻔했어.'

금햇은 집으로 조심스럽게 다가갔다. 땅바닥에 백피의 신발이 보였다. 옛날보다 많이 낡아 있었지만 백피의 신발이 확실했다.

'백피가 살아있다는 말이 사실이구나. 비소를 더 넣어야겠어.'

금햇은 살금살금 들어가 음식 그릇을 찾았다. 그때, 또 다시 익숙한 남녀의 신음소리가 들리고 있었다. 금햇은 그 자리에 마비된 듯 멈춰 버렸다.

'설마! 남편이 여기를 어떻게 알고?'

금햇은 몸을 낮추고 앉아서 틈새로 집안을 들여다보았다. 한쪽에 불을 지펴놓고 백피와 늑대가 서로 부둥켜안고 뒹굴고 있는 모습이 보였다.

'흑!'

금햇은 기겁을 했다.

'집에서 새던 박, 밖에서도 샌다더니. 이제는 짐승하고...'

백피와 같이 지내는 난장이들은 늑대였던 것이다. 금햇은 재빨리 음식에 비소를 잔뜩 뿌린 뒤 집으로 돌아왔다.

헬세

세월이 흘렀다. 숲속에 사냥을 나왔다가 길을 잃은 후작의 아들, 헬세가 난장이들의 모습을 발견하고 가까이 다가왔다.

"지금 뭐하고 계세요?"

백피를 둘러싸고 앉아있던 난장이들은 인간 남자의 목소리가 들리자 기겁을 하여 뒤도 돌아보지 않고 도망 가 버렸다.

'아니? 저렇게 키가 작아? 집으로 가는 길을 물어보려고 했는데...'

헬세는 백피의 곁으로 다가갔다. 그리고 순간적으로 백피의 미모에 홀린 듯이 얼어버렸다.

"이토록 아름다운 여인은 본 적이 없어. 눈 나라 공주인가?"

헬세는 최근에 어머니를 여의고 홀로 외로움을 달래던 중, 기분을 전환하고자 사냥을 나온 터였다.

'어머니가 내 인생에서 사라지자마자 이렇게 아리따운 여자를 만나다니. 이것은 운명이야!'

헬세는 백피의 싸늘한 몸도 아랑곳 하지 않고 백피의 뺨에 입을 맞추었다. 그 순간 헬세의 몸에서 기운이 빠지더니 헬세가 털썩 주저앉아 버린다. 갑자기 힘이 없어지는 것이 이상하기는 했지만 헬세는 별 다른 생각을 하지 않았다.

'숲을 헤매느라 기운이 빠졌나봐. 이제, 이 숲을 어떻게 빠져나가지?'

그리고 헬세는 그대로 잠에 빠져버렸다.

얼마나 졸았을까, 눈을 떠보니, 주위에 난장이들이 모여 있었다.

"누구요?"

헬세는 기겁을 하였다. 하지만, 이내, 도망갔던 난장이들이 생각났다.

"당신은 누구요?"

"나는 기양 후작의 아들, 헬세요! 장차 후작이 될 것이니, 내게 집으로 돌아가는 길을 가르쳐 주면 내 그대들에게 포상을 하리다!"

"당신은 여기서 나가지 못해요!"

"뭐요?"

"우리 세계를 인간들에게 알릴 수가 없소!"

"뭐라고? 그럼 당신들은 인간이 아니요? 키는 작지만 그
래도..."
"우리가 뭐건 상관할 바 아니잖소?"
"맞아요, 아니, 그러니까, 내가 여기서 나가면 다시는 이
곳으로 오지 않겠다고 맹세하겠소! 그리고, 다른 사냥꾼들
도 이곳에서는 사냥을 하지 못하도록 내가 후작의 명으로
금지하겠소! 나는 장래 후작이요! 내게는 그런 권한이 있
단 말이요!"

난장이들은 서로를 쳐다보았다.
"저자가 뭐라고 하는 거야?"
"그래 말야. 후작은 뭐고 권한은 뭐지?"
"헛소리니까 신경 쓰지 마!"
"그래, 인간들은 헛소리를 자주한다고 들었어.'
"아니야, 인간들이 자주하는 것은 헛소리가 아니라 거짓
말이야."
"그게 그거 아니야?"
난장이들이 서로 말다툼 하는 것을 지켜보다가 헬세는 하
얀 피부의 미녀에 대해 호기심이 났다.
"저기..."
"왜?"
"이 여자는..."
"왜?"
"왜 이렇게 자고 있나요?"
"뭐? 잔다고?"

난장이들은 서로를 쳐다보며 깔깔대고 웃었다.

"인간은 자는 것과 죽은 것도 분간을 못하나봐?"

그 말을 듣고, 헬세는 백피를 돌아보았다.

"죽었다고? 아니, 왜?"

"우리도 몰라! 갑자기 쓰러지더니 일어나지를 않아."

그제서야 헬세는 백피가 죽은 몸이라는 사실을 깨닫게 되었다.

"언제 죽었나요?"

"한 달됐어."

"아니, 그렇게 오래?"

"왜?"

난장이들은 기겁을 하는 헬세를 빤히 쳐다봤다.

"그럼 땅에 묻어야죠!"

"왜?"

"죽은 사람은 원래 땅에 묻어야 합니다."

"왜?"

헬세는 난장이들이 인간들의 생활에 대해 무지하다는 사실을 깨닫고 거짓말을 하기 시작했다.

"안 그러면 시체가 산 사람들을 괴롭힌다고 들었어요."

"뭐?"

"모르셨나요? 죽은 시체 옆에 살면 산 사람들이 골병들어요."

"뭐?"

"죽은 시체를 만지기만 해도 골병이 든다고 하던데..."

난장이들은 기겁을 했다.

19

"그럼 당신이 땅에 묻으시요!"

"그래, 같은 인간이니까 당신이 묻으시요!"

"하지만, 이 땅은 안 됩니다."

"왜?"

"여기는 인간의 땅이 아니잖아요!"

난장이들은 서로를 쳐다보더니 한쪽 구석으로 우르르 몰려가서 의논을 하기 시작했다.

"우리 저 남자보고 백피를 데리고 가라고 할까?"

"그럼 우리 위치가 노출되잖아."

"아까 저 남자가 맹세하지 않았어?"

"그래, 골병드는 것 보다 나아!"

"우리와 그렇게 오래 지냈는데 그대로 보낼 수는 없잖아."

"그대로 보내다니? 죽었잖아!"

"그래, 우리가 보내는 게 아니야. 자기가 쓰러졌잖아."

"어차피, 죽은 몸을 가지고 우리가 뭘 할 수 있겠어?"

"죽었어도 밤마다 하던 일은 할 수 있지 않을까?"

"뭐? 저 남자가 만지기만 해도 골병든다고 하던 말 못 들었어?"

그때, 한 쪽에 앉아서 듣기만 하던 한 난장이가 말한다.

"내가 벌써 해봤어."

"뭐를?"

"밤에 벌써 해봤다고! 내 차례였거든."

그 말을 들은 난장이들이 골병이 들까봐 기겁을 하고 멀리 떨어져 앉는다. .

"그런데 너 멀쩡해?"

"골병 안 들었어?"

"응. 나는 멀쩡한데... 몸이 나무같이 뻣뻣해서 안 되더라!"

그 말을 들은 난장이들이 주먹을 불끈 쥐고 싸울 태세를 벌인다.

"나는 내 차례 날 안했는데."

"죽었는데 어떻게 잠을 재우겠다고?"

그러자, 나이가 많은 난장이가 모두를 조용히 시킨다.

"자 다들, 흥분하지 말고. 그런 것은 이제 중요하지 않아. 중요한 것은 백피가 우리에게 더 이상 쓸모가 없다는 거야."

"사실, 애당초 우리들 하고는 맞지 않았어."

"난, 처음부터 인간하고 같이 사는 것이 달갑지 않았었어!"

"나도 첫날 이후 인간에 대한 꿈이 다 깨져버렸어!"

"뭐? 인간에 대한 꿈? 너 인간을 동경하고 있었어?"

"아니! 그냥..."

"어쨌거나, 귀찮은데 줘버리자!"

난장이들이 합의를 봤다는 듯이 헬세에게 다가온다.

"그럼 당신이 저 여자를 데리고 가서 인간의 땅에 묻으시요!"

"아, 예, 그럼 길을 가르쳐 주면 당장 떠나겠습니다."

헬세는 떠나려고 일어섰다.

"이길을 따라서 가다가, 오른 쪽으로 돌아 한참 가다보면 계곡이 보일 것이요. 그 계곡을 따라서 계속 내려가면 커다란 고개가 나올 것이요. 그 고개를 넘어 한 세네 시간 걷다보면 커다란 동굴이 보일 것이요. 그 동굴을 통해서 지나가면 또 다른 계곡이 나오고, 계곡을 끼고 왼쪽으로 돌아서 가면 폭포가 나올 것이요. 그 폭포를 지나서 계속 가다보면 언젠가는 인간들이 사는 마을이 보일 것이요!" 난장이는 헬세가 길을 기억하지 못하도록 일부러 돌아돌아 가는 먼길을 가르쳐줬다. 헬세는 인사를 하고 백피를 말에 태워 길을 떠났다.

말카

모두 헬세가 정신이 나갔다고 속삭이고 있다. 헬세는 집으로 돌아온 이후, 매일 밤, 싸늘하게 식은 백피를 옆에 뉘여 놓고 함께 자고 있었기 때문이다.
"시체를 수집한데."
"시체 애호가라고 하더라!"
헬세에 대한 이상한 소문은 꼬리에 꼬리를 물고 퍼져나갔다.

그렇게 몇 년이 지난 후, 헬세의 아버지인 후작이 죽었다. 그러자, 후작을 따르며 집에 살면서 집을 관리하던 사람들이 모두 짐을 싸서 떠났다.
"죽은 시체에서 구더기가 나오는데 어떻게 여기서 살아?"

"난, 냄새가 역겨워서 도저히 못 참겠어!"

"저런 정신병자 옆에서 살다가는 내가 미칠 거야!"

"시체의 혼령이 떠돌아다니는 것 같아."

헬세가 정신이상이라고 생각을 한 자들이 새롭게 후작이 된 헬세 섬기기를 거부한 것이다. 헬세는 모두가 떠나 소름이 끼칠 정도로 적막한 집에서 해골이 되어버린 백피와 둘만이 지내게 된 것이다. 그래도 헬세의 눈에는 백피가 여전히 하얀 피부를 가진 아름다운 여성으로 보이고 있었고, 헬세는 매일 백피를 껴안다시피 하면서 살았다.

세월이 또 흘렀다. 대궐같이 커다랗던 헬세의 집이 이제는 뼈대만 남아 있다. 집안 곳곳이 썩어나가고 거미줄이 여기저기 커튼처럼 쳐졌으며 새들이 둥지를 틀어 새끼를 낳고 있었다. 집안 어디도 사람이 살만한 성한 곳은 없었다.

"저렇게 살다가는 조만간 죽을 것이구만."

"가세가 기울려니까 금방이네."

"이제는 한 끼 밥도 못 먹고 살 걸?"

마을에서는 후작 가문이 곧 사라질 것이라는 소문이 자자했다.

이러한 소문은 이웃 마을에 사는 말카의 귀에도 들어갔다. 말카는 시장 바닥에서 장사를 하여 돈은 많이 긁어모았지만 내세울 권세며 지위가 하나도 없었다.

"다 쓰러져 가는 후작이라! 호호호! 안성맞춤이야! 하루 밤새에 귀족으로 거듭 날 수 있어!"

그 동안 권력을 잡을 꿍꿍이만 해 오던 말카에게는 이처럼 좋은 기회가 없었다. 이후, 말카는 헬세와 혼인을 하였고, 후작의 권세를 누리게 되었다.

헬세는 배가 고프고, 기우는 가세를 다시 세운다는 명분 하나 만에 집착을 하던 터라, 말카에 대해서나 말카 집안 내력에 대해서도 알아보지 않았다. 사실, 알려고 하지도, 알고 싶어 하지도 않았다.

"이건 조상님들이 보내 준 복이야. 가세를 다시 세우기 위한 유일한 기회를 과거에 있었을 수도 있는 불미한 일 때문에 망치면 안 돼. 차라리 아무것도 알지 않는 것이 더 나아!"

이후, 헬세의 집안은 다시 일어났고, 대대로 후작을 물려 주고 궁궐 같은 집을 유지할 정도로 충분한 재력을 가지게 되었다.

금햇

한편, 백피가 사라지자, 그 동안 기가 죽어있던 백피의 동생 팥앨은 더욱 더 기고만장하여 도도하게 행동하기 시작했다.

'이제 아무도 나랑 백피를 비교하지 않아. 내가 이 집안의 외동딸이야. 호호호!'

팥앨은 백피의 실종을 기쁘게 받아들이고 있었던 것이다.
하지만, 백피의 아버지는 매일 술로 상심한 마음을 달래
면서 세월을 보냈고, 백피를 찾기 위해서 사방으로 수소
문도 했지만 허사였다.

"하필이면 백피가 사라지던 날 모두 집을 비워서 아무도
백피의 행방을 몰라."

그러다, 백피의 아버지는 폐인이 되다시피 하더니 결국
저 세상 사람이 되어 버렸다.

"웬수 같은 놈, 이제 속이 후련하다! 지옥에 떨어졌을 거
야!"

금햇은 조금도 슬퍼하지 않았다.

어느 날, 혼자 살고 있던 금햇에게 혼사 얘기가 들어왔다.

"저기 저 윗마을에 홀아비가 살고 있는데... 젊은 나이에
부인을 잃었어. 심 씨라고, 어디, 한번 만나볼겨?"

"글쎄."

"아, 돈이 얼마나 많은 지, 여생을 편하게 살 수 있다고
하더라!"

"그래? 그럼, 한 번..."

금햇은 심 씨가 돈이 있다는 소리에 홀깃해졌다.

"그렇게 부인하고 행복하게 살았었는데... 그래도 부인이
뒤에 딸을 남기고 떠났으니 다행이야."

"어? 금방 홀아비라고 하지 않았어?"

"그랴, 부인은 잃었는데 부인이 콩라를 남겨놓고 갔구만.
들어봤을 거야. 착하다고 소문났잖아. 아마 팥앨하고 동갑

25

일걸? 아유, 얼마나 예쁜지 나는 콩라 말 할 때마다 마음이 아파. 불쌍한 것!"

어여쁜 딸이 있다는 소리에 금햇은 상기가 되었다. 백피의 사건 이후, 젊은 여자는 물론 딸에 대한 거부감이 마음속 깊이 자리를 잡게 되었기 때문이다.

'그래도 아직 어린 아이인데 뭐. 내가 제대로 교육을 시키면 돼!'

금햇은 심 씨의 재산에 대한 탐욕심을 그대로 물릴 수가 없었다.

며칠 후, 금햇은 못이기는 척하고 홀아비 심 씨를 만났다. 그리고 얼마 지나지 않아, 심 씨와 혼인을 하여 안방마님으로 자리를 잡았다. 이후, 콩라와 팥앨은 피를 나눈 자매같이 지내며 무럭무럭 자랐다.

팥앨

콩라가 자랄수록, 금햇은 콩라가 눈에 가시처럼 다가왔다. 금햇은 여전히 젊은 여자, 특히 딸에 대한 강박관념에 시달리고 있었기 때문이다. 더군다나 콩라의 미모는 백피를 연상케 하고 있었다.

"저 년도 나중에 지아비 혼을 빼먹을 것이구만. 게다가, 남자들은 죽은 전처소생을 더 예뻐한다고 했어."

금햇은 심 씨도 전 남편같이 딸하고 놀아날 것이라고 단정을 해버렸다. 그리하여, 콩라가 자라자, 금햇은 콩라를 시종처럼 부려먹으며 아버지와 같이 보낼 시간을 주지 않았고, 팥앨은 하루 종일 자신의 치마폭에 끼고 돌았다.

'팥앨은 못생겨서 남편과 놀아날 일은 없겠지만, 그래도 혹시나 모르니까 항상 데리고 다녀야해.'

팥앨은 자신이 특별해서 더 사랑을 받는다는 착각을 하면서 버릇없이 자랐다. 게다가, 심 씨와 결혼 후 재정이 든든해지자, 팥앨은 점점 더 도도해져서 마을 사람들이 팥앨의 버릇없는 언행에 혀를 내두를 정도가 되었다.

"오만불손함이 상상을 초월한다니까?"

"어쩜 저렇게 마음이 못났을까?"

"뻔뻔스럽기는 지 엄마 꼭 닮았네!"

"어디서 저렇게 심술만 붙여가지고 사는지..."

"쯧쯧!"

마을 사람들은 팥앨을 멀리하였고, 이를 심 씨가 모를 리가 없었다.

'양녀지만 그래도 내가 얼굴이 창피해서 고개를 못 들겠어.'

하지만, 금햇은 오히려 그런 팥앨을 편애하였다. 팥앨과 심 씨의 사이가 점점 더 멀어져 가고 있다는 확신이 들었기 때문이다.

"우리 예쁜 효녀!"

금햇은 팥앨에게서만은 젊은 여자에 대한 강박관념을 버릴 수 있었던 것이다.

"저렇게 제멋대로인 애를 좋아할 남자가 없지. 호호호!"

27

그러던 어느 날, 심 씨가 물에 빠져 죽은 채로 발견되었
다. 그러자, 금햇은 그나마 문간방에서 기거하던 콩라를
헛간으로 내쫓았다. 콩라는 어렸을 때부터 시종살이를 했
기에 자신이 시종처럼 사는 줄도 모르고 새엄마에게 복종
하였다. 하지만, 팥앨만이 좋은 옷을 입고 편하게 사는 것
이 눈에 안 보일 수가 없었다. 그리고, 어느 날, 콩라는
새엄마가 팥앨만의 어머니라는 사실을 알게 되었다.

'그래서 그랬던 거구나. 난 팥델을 친자매처럼 대했었는
데.'

이후, 콩라는 외롭거나 힘들 때는 친어머니의 무덤으로
가서 땅에 기대 누워 눈물을 흘리곤 했다.

"저렇게 착한 아이가 몹쓸 계모를 만나서 마음고생을 하
고 있어."

무덤 곁의 나무에 살고 있던 비둘기들이 거의 매일 찾아
와 울고 있는 콩라의 사정을 알게 되었다.

"마음고생뿐이야? 저 손좀 봐. 얼마나 힘들면..."

나무에 살던 누에나방과 우리에 살던 젖소도 콩라를 동정
하고 있었다.

"옷도 다 떨어졌어."

냇가에 살던 두꺼비와 처마 밑에 살던 구렁이도 콩라를
불쌍하게 여겼다.

선녀

28

그러던 어느 날, 마을에 새로운 원님이 부임을 받아 오게 되었다. 그리하여 온 동네에 잔치가 벌어졌고 마을 사람 모두가 초대를 받았다. 콩라도 잔치에 갈 준비를 하였다. 하지만, 마땅히 입을 옷이 없었다.

"팥앨 언니, 오늘 하루만 언니 옷을 빌려 입으면 안 될까?"

"뭐? 너가 어디를 가려고? 냄새나서 안 돼!"

팥앨은 콩라를 시종 대하듯 하였다.

"뭐야? 넌 여기 옷감도 짜야 하고, 벼도 찧어놓아야 하고, 항아리에 물도 길어놓아야 하는데 무슨 염치없이 잔치타령이야?"

팥앨이 금햇에게 가서 이르자 금햇은 콩라를 사정없이 나무랐다.

"하지만, 너가 정 잔치에 오고 싶으면 그 일들을 다 끝내고 와."

팥앨은 콩라를 놀리듯이 깔깔대고 웃어댔다.

"얘, 너도 팥앨처럼 자비로와봐라. 그러면 복을 받을 거다. 호호호!"

금햇은 팥앨이 사랑스럽다는 듯이 콩라 앞에서 팥앨의 머리를 쓰다듬었다.

콩라는 시무룩해져서 항아리를 들고 물을 길러 갔다. 하지만, 항아리 밑이 빠져있어서 물을 담을 수가 없었다. 콩라는 그 자리에 주저앉아 눈물을 흘렸다.

"이를 어째."

그때, 커다란 두꺼비가 울고 있는 콩라에게 다가와서 항아리 밑을 막아주었다. 덕분에 콩라는 항아리에 물을 가득 담을 수 있었다. 울고 있던 콩라의 얼굴에 미소가 떠올랐다. 콩라는 벼를 찧기 위해서 집으로 달려갔다. 하지만, 해도해도 끝낼 수가 없을 정도로 벼가 많았다.

"하루 종일 찧어도 못 끝내겠어!"

이를 본 비둘기들이 날아와 벼를 까주었다. 콩라는 날아갈 듯 몸이 가벼워졌다. 이어서, 콩라는 옷감을 짜기 시작했다.

"몇 달을 짜도 끝내지 못하겠어."

그러자, 누에나방이 나타나서 옷감을 대신 짜 주었다.

"아직 잔치에 갈 시간이 있어!"

콩라는 활짝 핀 얼굴로 방으로 달려갔다.

"무슨 옷을 입지?"

콩라는 입을 옷이 없다는 사실을 떠올리고 또 다시 풀이 죽었다. 그때, 처마 밑에 있던 구렁이가 예쁜 비단 옷을 가져왔다. 콩라는 기쁜 마음에 비단 옷을 얼른 입고 밖으로 나갔다. 그러자, 젖소가 예쁜 꽃신을 가져다주었다.

"선녀님들 고마워요!"

잔치

잔치에 나타난 콩라의 아름다움에 모든 사람들이 넋을 잃은 듯했다. 원님의 아들 김 감사도 콩라에게 마음을 뺏기고 있었다.

"하늘에서 내려온 선녀 같아!"
팥앨과 금햇도 넋을 잃고서 콩라를 알아보지 못하고 있었
다.

저녁이 되어 잔치가 끝나고 금햇과 팥앨이 집으로 돌아가
려하자, 콩라도 집으로 달려갔다.
"엄마와 팥앨보다 먼저 집에 가 있어야 해. 안 그러면 내
옷을 뺏을 거야."

잔치는 삼일 동안 계속되었다. 콩라는 팥앨과 금햇이 집
에 있을 때는 하라고 하던 일을 하는 척했고, 금햇과 팥
앨이 잔치로 떠난 후에는 황급히 옷을 갈아입고 잔치집으
로 달려갔다.

둘째 날, 콩라에게 마음을 빼앗긴 김 감사가 집으로 가려
는 콩라를 잡고서 가지 못하게 하였다.
"어디에 사시는 귀수시요? 조금 이따, 모두가 떠난 후에
내가 마차로 데려다 주겠소!"
"아니예요. 지금 바로 가봐야 해요!"
그리고, 콩라는 김 감사의 손을 뿌리치고 달리기 시작했
다.

셋째 날, 김 감사는 이번에도 콩라가 성급히 나갈 것을
짐작하고 바닥에 끈끈한 짐승의 타액을 묻혀두었다.

"신발이 붙으면 가지 못하겠지."
하지만, 콩라는 신발이 붙어버리자 신발을 벗고서 달리기
시작했다.
'내가 잔치에 왔었던 것을 알면 어머니와 팥앨이 나를 가
만 두지 않을 거야!'

김 감사는 뒤에 남겨진 꽃신을 보고서 결심을 한다.
"저 꽃신의 주인을 부인으로 맞을 것이야!"
그리고 아버지인 원님에게 청원하여 꽃신의 주인을 찾기
위해 관리를 온 마을에 내보냈다.

임자

꽃신의 주인을 찾는 행렬이 드디어 콩라 집에도 도착했
다.
"어유, 어서 오세요."
금햇이 버선발로 나가서 반갑게 맞이하고는 관리의 손에
서 꽃신을 뺏아 든다.
"이거 우리 팥앨 거예요. 호호호! 팥앨아, 이리 온!"
팥앨은 잘 먹어서 발에도 살이 잔뜩 쪄 있었다.
'아니, 저런 발로는 이런 신발을 신을 수가 없을 텐데.'
얼떨결에 꽃신을 뺏긴 관리는 팥앨의 발에 꽃신을 끼우려
는 금햇을 넋을 잃고 바라보고 있었다. 하지만, 팥앨의 발
은 신발에 비해서 너무나 컸다.
"이리와 봐!"

금햇이 팥앨에게 귀속말을 한다. 팥앨이 금햇을 따라서 부엌으로 가자 금햇이 식칼로 팥앨의 엄지발가락을 잘라 버렸다. 그리곤, 꽃신을 다시 신겨서 밖으로 데리고 나왔다.
"여기 보세요. 이제, 혼인날을 정해야겠어요. 호호호!"
마을 사람들은 적잖이 놀랐다.
"그럼, 마차에 타시지요!"

그렇게 마차가 마을 외곽으로 나가서 콩라 친엄마의 무덤 옆을 지날 때였다. 그 옆에 서 있는 나무에서 비둘기들이 지저귀는 소리가 커졌다.
"신발에서 피가 흐르는 것도 보지 못하나?"
냇가에서는 물을 먹던 젖소, 나무에서 몸단장을 하던 누에나방, 일광욕을 하던 두꺼비, 헤엄을 치던 구렁이도 웅성거렸다.
"저 여자는 꽃신의 주인이 아니야!"
관리는 그 소리를 듣고 다시 마을로 돌아가도록 마차를 돌렸다.

집에 도착해서 팥앨이 마차에서 내릴 때, 관리가 근처 냇가에서 빨래를 하고 돌아오던 콩라를 보게 된다.
"여기 와서 꽃신을 신어보세요!"
"아유, 무슨 말씀을... 저 애는 우리 시종이예요. 안 신어 봐도 되요! 호호호!"

33

"마을의 모든 여성들에게 신겨보라는 분부가 있었어요.
자, 여기 와서 신어보세요!"
콩라는 조심스럽게 금햇과 팥앨을 지나서 꽃신에 발을 넣
었다. 꽃신이 맞춘 신발처럼 콩라의 발에 쏙 들어갔다.
"드디어, 임자를 찾았어!"
그때, 콩라가 꽃신의 다른 한 짝을 주머니에서 꺼내서 신
었다. 마을 사람들은 놀라움과 기쁨에 환성을 올렸다.

이 소식을 전해 들은 김 감사는 기쁨을 감추지 못했고 바
로 콩라와의 혼인 날짜를 잡았다. 하지만, 금햇과 팥앨은
질투심에 젖어 이를 가만히 앉아서 볼 수만 없었다.
"엄마, 잉... 내 시종이 나보다 더 잘 살게 생겼어!"
"내가 다 수가 있으니까 기다려봐!"
하지만, 혼인 전날이 다가오고, 혼인 날이 되었어도 금햇
은 어찌 할 도리가 없었다. 콩라는 무사히 혼인을 마치고
김 감사와 행복한 생활을 시작했다.

연못

세월이 흘렀다. 김 감사는 아버지를 이어서 원님이 되어
마을을 다스리고 있었다. 그러던 어느 날, 원님이 먼 곳에
출장을 떠나 집을 비우자, 금햇이 팥앨과 같이 콩라를 찾
아왔다.
"여자는 자고로 몸을 청결히 해야지. 콩라아, 팥앨과 같이
목욕하고 오너라!"

34

콩라는 혼인 전과 같이 금햇이 하라는 대로 따랐다. 팥앨은 앞장서서 연못으로 걸어갔다. 연못가에 다다르자, 팥앨은 금햇이 시켰던 대로 콩라를 밀어서 깊은 연못 속으로 빠뜨려버렸다. 콩라는 물속으로 자취를 감추었다.

며칠 후, 원님이 돌아왔다. 그리고 부인을 보고는 다소 놀란 표정을 지었다.
"얼굴이 달라 보이는데?"
"제가 너무나 일을 열심히 했더니 얼굴이 부었어요."
원님은 팥앨을 알아보지 못했다. 그리고 둘은 부부처럼 일상생활을 해나갔다.

꿈

세월은 흐르고 있었다. 팥앨은 원님의 부인으로 조금의 죄책감도 없이 호강을 하고 살았고, 금햇은 심 씨가 남긴 돈방석에 앉아 편하게 살고 있었다.

하루는 원님이 식은땀을 흘리면서 잠에서 깼다.
"어, 어, 어!"
"왜 그래서요?"
"꿈을 꿨어. 당신 꿈!"
팥앨은 남편이 꿈에서 조차 자신을 그리고 있다는 생각에 흐뭇하기만 했다.
"당신이 죽어서 한이 맺혀있었어."

"아유, 나처럼 행복한 사람이 어디 있다고 한이 맺혀요? 호호호! 꿈이니까 잊으시고 다시 주무세요!"
"어, 그래."

그리고 며칠이 지났다.
"어, 어, 어!"
이번에는 팥앨이 식은땀을 흘리면서 잠에서 깼다. 남편은 옆에서 골아 떨어져 있었다. 팥앨은 아침이 올 때까지 뜬 눈으로 밤을 새웠다. 그리고 해가 뜨자마자 금햇의 집으로 행차를 했다.
"엄마! 콩라가 나를 괴롭혀!"
"뭐?"
"콩라가 연못의 연꽃으로 환생을 했어!"
"뭐? 그런 해괴망측한 일이. 다 꿈이니까 잊어버려!"
하지만, 금햇은 스스로 이를 잊어버릴 수가 없었다. 그리하여, 팥앨의 집으로 가서 주위에 있는 꽃이란 꽃은 모두 잘라서 불살라 버리도록 지시하였다.

하소연

원님의 집에는 원님을 키우던 유모가 같이 살고 있었다. 유모는 이제 나이가 많아 저 세상 갈 날만을 기다리는 듯, 종종 먼 산을 바라보며 앉아 있었다.

오늘도 유모가 마루에 멍하니 앉아있다.

"누가 꽃들을 저렇게 불살라버렸어?"

그때, 꽃들의 잿더미에서 진주 같은 구슬 하나가 떨어져 나왔다.

"아니, 밑도 끝도 없이 구슬이 갑자기 생겨났어..."

유모는 이를 비상하게 여겨 구슬을 집어 들었다. 그러자, 구슬이 말을 하기 시작했다.

"원님의 밥상에 젓가락 짝을 맞지 않게 놓아주세요!"

유모는 구슬의 기이한 요청을 들어주었다.

"아니, 유모도 이제 늙었구려. 젓가락 짝을 다르게 놓았으니. 허허허!"

원님은 늙은 유모가 실수를 했다고 생각하고 안타까워했다. 그러자 유모가 구슬이 한 말을 그대로 전했다.

"젓가락 짝 안 맞는 것은 알면서 어찌 육신의 짝 안 맞는 것은 모른다 하옵니까?"

그 순간, 원님은 자신의 부인이 콩라가 아님을 깨닫게 되었다. 그리고 당장 팥앨을 잡아 모든 사실을 자백 받았다.

원님은 콩라가 떨어진 연못으로 가서 콩라의 시체를 건졌다. 그렇게 오랜 세월이 지났건만 콩라의 시체는 전혀 부패하지 않고 있었다. 원님은 자신의 실수를 뉘우치며 눈물을 흘렸고, 원님의 눈물은 콩라의 얼굴에 떨어졌다. 그러자, 콩라가 다시 살아났다. 원님은 놀라움을 금치 못했다. 그리곤, 자신의 어리석음에 고개를 들지 못했다.

"내 어찌 그대를 볼 면목이 있겠소!"

"제 원을 들어주시면 됩니다."

"원이 무엇이요?"

"새엄마에 의해서 억울하게 돌아가신 저의 아버지를 위해 위령탑을 지어주세요."

그리고 콩라는 금햇이 돈에 눈이 어두워 남편을 비소로 살해했다는 사실을 일러바쳤다.

"허허, 그런 일이 있었다니... 내 당장 그대의 아버님을 모시도록 하겠소."

그리고 원님은 하인들에게 명령을 내렸다.

"또 한 가지 원이 있사옵니다."

"말해보시구려! 내 뭐든지 다 들어주겠소!"

"팥앨로 젓갈을 만든 후, 그것으로 만두를 만들어 젓갈은 항아리에 넣어두고, 만두는 글씨를 쓴 대접에 담아 그 어미 금햇에게 먹이도록 하세요!"

"뭐라?"

"지어미가 딸을 먹어 삼켜야지만 그들의 원혼이 한을 품지 않도록 할 수 있습니다."

그 말을 들은 원님은 후환을 없애기 위해서 콩라의 말대로 젓갈과 만두를 만든 뒤, 글을 쓴 대접에 만두를 담아 금햇에게 보냈다.

만두

안 그래도 원님의 부인으로 살고 있는 팥앨로부터 이득
볼 것을 기대하고 있던 금햇은 원님이 사람을 보냈다는
말에 버선발로 나와 가져온 선물을 받았다.

"아유, 만두까지, 호호호!"

그리고 그날 저녁, 금햇은 만두를 맛있게 먹었다. 하지만,
만두를 삼키기 바로 직전, 만두에 담겨있던 팥앨의 원혼
이 금햇의 목구멍에서 진동을 했다.

"저예요, 어머니!"

금햇이 팥앨의 목소리를 들었다고 생각하는 순간, 원님이
대접에 적은 글씨가 공중에 떠 보이면서 천둥 같은 소리
가 들리기 시작했다.

"자신의 이득만을 위해 음흉한 꾀를 부리며, 남의 목숨
귀중한 줄 모르고 악독한 일을 저지르는 자는 누구든 젓
갈로 담가지고 만두로 만들어져 그런 자를 키운 부모로
하여금 잘게 씹어 목구멍으로 삼키도록 하노라!"

금햇은 입에 있던 것을 뱉어냈다. 그리고 형용할 수 없는
비명을 지르며, 가슴을 쥐어짜듯 땅바닥에 엎드려 통곡을
하면서 자신이 입은 옷을 갈기갈기 찢고는 콩라에게 저주
를 퍼붓기 시작했다.

"내 딸을 죽이고 내 마음을 아프게 했듯이, 콩라 너도 딸
의 죽음으로 인해서 아픔을 겪게 될 것이야!"

이후, 금햇은 저주를 퍼부으면서 정신이 나간 듯이 거리
를 헤매고 다녔다.

"콩라의 딸은 열다섯 살이 되기 전에 베틀에 찔려 죽을 것이다! 내 확신하마!"

이를 전해 들은 사람들은 금햇이 마녀라고 쑤군덕거렸고, 금햇은 마녀로 몰려 유치장에 투옥되었으며, 얼마 지나지 않아 화형이 집행되었다. 화형대에 오른 금햇은 여전히 같은 저주를 반복적으로 외쳐댔다.

"콩라, 니 딸이 열다섯 살이 되는 날 이후에는 하루도 눈을 뜨고 있지 못할 것이야. 하하하!"

오롤

세월이 흘렀다. 콩라는 원님과의 사이에서 씩씩한 아들 세 명을 낳고 행복하게 살고 있었다. 그리고, 어느 날, 예쁜 딸이 태어났다.

"우리 딸, 예쁜 딸, 이름은 오롤이라고 하겠다!"

막내딸을 얻은 원님은 마냥 기쁘기만 했지만, 콩라는 금햇의 저주가 상기되어 기뻐할 수가 없었다.

"이를 어째..."

하지만, 원님은 아랑곳 하지 않고 잔치를 벌였다.

"늙은 노파가 화가 나서 한 말을 가지고 그렇게 두려워 할 필요가 뭐가 있소?"

원님은 열두 명의 선녀들을 초대하여 콩라의 마음을 달래려 하였다. 선녀들은 초대에 쾌히 응했고, 갓 태어난 오롤에게 축복을 내렸다. 그러던 중 선녀들이 오롤에게 저주가 걸려있다는 사실을 알게 되었다.

"어? 이것 봐, 아기에게 누가…"

"저런, 나쁜 원혼이 맺혀있네!"

선녀들은 금햇의 저주를 발견하고 저주를 풀려고 하였다.

"원혼이 너무나 강해서 우리 힘으로는 저주를 완전히 풀 수가 없어!"

"우리가 할 수 있는 일은 죽는 대신 자도록 바꾸는 수밖에 없어."

그리하여, 선녀들은 오롤이 열다섯 살이 되기 전에 베틀에 찔리더라도 죽지 않고 단지 백 년 동안 잠에 빠지도록 저주의 강도를 낮추었다.

"오롤만 백 년 후 잠에서 깨어나면 혼자서 살기가 힘들 거야."

"그래, 혼자서 깨게 되면 어린 나이에 행복하게 살 수가 없을 거야."

"그러면, 성안의 모든 사람이 백 년 동안 잠자도록 하자!"

"그래 그것이 우리가 할 수 있는 최대의 축복이지!"

그리고 선녀들은 돌아갔다.

하지만, 콩라는 그래도 마음을 놓을 수가 없었다. 이를 본 원님은 마을에 있는 모든 베틀 기계를 앞으로 15년간 사용 금지한다는 방을 써 붙였다. 그리고, 오롤을 딸이 아닌 아들로 키우기 시작했다. 그리하여, 사냥과 무예를 가르치고, 치마가 아닌 바지를 입도록 하였으며, 긴 머리를 여성처럼 예쁘게 꾸미지 않고, 남자처럼 잡아 묶도록 하였다.

시간은 흘렀고 오롤은 훌륭한 청년, 아니 처녀로 건강하게 자라고 있었다. 콩라를 닮아서 절세미인이었던 오롤은 남녀를 막론하고 젊은이들의 애간장을 태웠다. 오롤이 여자임을 아는 여자들까지도 오롤을 백마의 왕자님처럼 동경하였기 때문이다. 게다가, 오롤은 예의범절도 밝아 마을에서의 인기가 최상이었다.

생일

그렇게 시간이 지나면서 많은 사람들이 오롤의 저주에 대해 등한시 하게 되었다.

"한 맺힌 노인이 지껄인 말에 불과해."

"소문처럼 마력이 있었으면 그렇게 화형 당했겠어?"

"지 딸이 죽으니까 정신이 나갔던 게야."

"괜히 15년간 치마도 못 입어보고 자라는 오롤이 불쌍해!"

"며칠만 지나보면 알겠지."

"그래, 오롤의 열다섯 번째 생일이 며칠 앞으로 다가왔잖아."

"아, 잘됐어. 이제 베틀을 다시 사용해도 되겠어."

"맞아, 며칠만 더 참으면 돼!"

"저렇게 착하고 예의 바른 사람은 저주도 피해갈 거야!"

오롤의 열다섯 번 째 생일을 며칠 앞둔 어느 날, 오롤의
생일을 축하하기 위해서 모두가 생일잔치 준비에 정신이
없었다.

"같이 놀 사람이 없어 심심해."

오롤은 집의 곳곳을 돌아다녔다. 그러다가 출입이 금지되
어 있는 외진 곳에서 헛간을 발견하였다.

"어, 이런 곳에 헛간이 있었어? 무엇을 숨겨놨길래 출입
을 못하게 하는 거야?"

오롤은 호기심을 이기지 못하고 잠겨진 문을 열고 안으로
들어갔다. 그리고 깜짝 놀랐다. 먼지가 수북이 쌓인 텅 빈
곳에 웬 노인이 서 있는 것이었다.

"누구세요?"

노파는 아무 말이 없었다.

"여기서 사는 거예요?"

그러자 노인은 말없이 오롤에게 오라고 손짓을 하였다.
오롤은 마치 쇠가 자석에 끌려가듯이 자신도 모르게 노파
가 향하는 곳으로 발을 옮겼다.

한쪽 구석에 뭔가가 천에 덮여 있는 것이 보였다. 노파는
여전히 아무 말도 없이 그 천을 손가락으로 가리켰다. 오
롤은 호기심에 천을 들쳐냈다. 천 밑에는 오래 된 베틀이
있었다. 그리고 순식간에 오롤은 베틀의 바늘에 찔려버렸
다. 그 순간 오롤은 그대로 쓰러졌다. 그와 동시에 곳곳에
서 사람들이 땅으로 쓰러졌다. 오롤이 바늘에 찔리면서
모두가 백 년간의 잠에 빠져버린 것이다.

왕자

어느 날, 필포가 시종들과 함께 숲속을 거닐다가 장미 덩굴에 가려져 있는 대궐 같은 거대한 집을 발견한다.

"얼마나 사람이 살지 않았으면 이렇게 폐허가 되도록..."

"한 백 년은 됐다고 하죠?"

"이 집에는 유령들이 살고 있데요."

"이런 집은 보지도 않고 지나쳐야 해요!"

시종들이 쑤군거린다.

"마귀가 베틀을 돌리고 있다고 하더라. 그래서 아무도 손을 대지 못하는 거랬어."

"귀신이 나온 데요!"

그때, 나이가 지긋한 한 시종이 입을 열었다.

"그런 게 아니야. 내가 이 집에 얽힌 이야기를 정확하게 알고 있어."

그리고, 시종은 베틀에 찔려 모두가 백 년 동안의 잠에 빠져버린 오롤에 대한 저주 이야기를 하였다. 하지만, 언제가 백 년이 다 되는 날인지 아무도 모른다는 것이다.

"성안 모든 사람이 잠에 빠져버려서, 외부에서 잠에 빠진 자들을 발견했을 때가 며칠이 지난 후인지, 몇 년이 지난 후인지 아무도 몰라."

"이 모든 것이 전부 오롤이라는 여식을 위한 것이었다니, 거참!"

"왜?"

"오롤이 그렇게 아름다왔거든!"

그 말을 들은 필포는 호기심이 났다.

"얼마나 아름답길래?"

"아유, 호기심이 고양이를 죽인다니까? 생각도 하지 마세요. 귀신한테 홀린다고요!"

"아니, 이 세상에 마귀가 어디 있고, 귀신이 어디 있어?"
필포는 자신감이 있었다.

그리고 며칠이 지났다. 필포가 칼을 들고 장미덩굴을 자르고 있다.

"오롤이 얼마나 예쁜지 보지 않고서는 못 베기겠어."
필포는 자신도 모르는 어떤 힘이 자신을 오롤에게 보내고 있다는 생각이 들었다.

"옛날에 숲속에서 어떤 미녀 시체를 줏어와서 집안이 망조로 갈 뻔했었는데..."
필포는 말카와 혼인의 연을 맺은 헬세의 후손으로 여전히 후작으로 대를 잇고 있었다.

"필포도 시체 애호가인가?"

"피는 못 속여!"
사람들은 필포가 숲속의 성으로 갔다는 사실을 알고서 쑤군덕거렸다.

혼인

필포는 낡은 집의 허름한 문을 열었다. 삐꺼덕 거리는 소리와 함께 먼지가 사방에 진동을 했다. 얼마를 걸어가자

겹겹이 쳐져 있는 거미줄 사이로 한 여자가 누워있는 모습이 보였다.

"맙소사, 세상에 저렇게 아름다운 여자가!"

필포는 심장이 멎는 것 같았다. 누워있는 오롤의 모습은 마치 인형의 모습과 같았다.

필포는 두근거리는 가슴을 누르며 조심스럽게 오롤 옆으로 다가가 앉았다. 그리고 오롤의 뺨을 가로 질러 있는 오롤의 머리카락을 손으로 쓸어 올렸다. 그러자, 마치 기적처럼 오롤이 눈을 떴다. 필포는 기겁을 하고 뒷걸음질 쳤다. 하지만, 오롤은 마치 하루 밤 잠에서 깨어난 듯이 기지개를 폈다. 집에 있던 다른 사람들도 잠에서 깨어나고 있었다.

"아, 잘 잤다!"

첫눈에 오롤에게 반한 필포는 오롤을 아내로 삼고 싶었다.

"우리 성으로 갑시다."

하지만, 오롤은 다른 사람들을 떠나고 싶지 않았다.

"저들에게는 내가 나중에 마차를 보내서 데리고 오도록 하리다! 내 말에 저렇게 많은 사람이 탈 수 없으니 우선 당신만 나를 따르시요!"

오롤은 흉가가 되어버린 집을 둘러보더니 필포를 따라 나섰다.

필포는 성에 돌아온 후, 뒤에 남겨진 사람들에게 마차를 보낼 생각은 하지도 않고, 오롤의 의견을 무시한 채 혼인식을 올려버렸다.

"내가 구해줬으니 나랑 혼인하여 답을 하는 것은 당연한 거잖아?"

필포는 아름다운 부인을 보면서 날아갈 듯이 행복해 했다.

하지만, 오롤은 필포를 냉담하게 대하고 있었다.

'나하고의 약속을 지키지 않았어! 믿을 수가 없어!'

오롤은 외로웠다.

"모두들 성에 아직 살고 있을까?"

주위에 대화를 하거나 조언을 줄 수 있는 자는 한 명도 없었다. 게다가, 오롤은 아직 성숙한 여인이 아니었다.

"밤이 되는 것이 이제는 무서워!"

밤마다 다가와서 못살게 구는 필포와의 시간은 오롤에게는 참을 수 없는 고역이었기 때문이다. 그럼에도 불구하고, 필포는 매번 오롤을 강제적으로 대하였다. 오롤에게 정신적으로 성숙할 시간이 필요하다는 사실을 필포는 모르고 있었던 것이다.

엎친데 덮친격으로 아기가 바로 생기지 않자, 이를 초조하게 여긴 필포의 어머니 말카는 오롤을 괴롭히기 시작했다.

"약초라도 데려먹어야지!"

47

오롤은 시어머니의 독촉에 할 수 없이 쓰디 쓴 약초를 데려먹기 시작했다. 하지만, 약초를 아무리 먹어도 아기는 생기지 않았다. 그리하여, 낮에는 시어머니에게, 밤에는 남편에게, 오롤은 매일매일을 시달리며 살고 있었다.

청년

그러던 어느 날, 오늘도 오롤이 냇가에서 혼자 외로움을 달래며 목욕을 하고 있었다. 그때, 지나가던 한 청년이 오롤을 발견하게 된다.

"선녀 같아."

청년은 자신도 모르게 나무 뒤에 숨어서 오롤을 구경하였다. 그러다 발을 헛디뎌 물에 빠지게 되었다. 오롤은 소스라치게 놀라 몸을 가렸다. 하지만, 한편으로는 왠지 흥분이 되었다. 오롤에게 드디어 성숙한 여성의 눈이 뜨이기 시작한 것이다. 그리하여, 상대가 남편이 아니라는 사실에도 불구하고 오롤은 욕정을 이기지 못하고 청년과 사랑을 나누었다. 하지만, 그 청년이 오롤의 첫째 오빠라는 사실은 오롤이나 청년이나 아무도 모르고 있었다.

이후, 오롤은 남편과의 잠자리에서도 불편함을 느끼지 않았고, 결국 첫 아들을 출산 하였다. 그리고 얼마 지나지 않아 두 번째 아들도 태어났다. 말카는 기뻐서 껑충껑충 뛰었다.

"이제야, 드디어..."

오롤은 시어머니의 반응이 기이하다고 생각했지만, 늙은 할머니가 손자를 본 기쁨일 뿐이라고 생각하고 잊어버렸다.

요리

어느 날, 필포가 장기적으로 집을 비울 일이 생겼다.
"기회가 왔어."
말카는 요리사에게 오롤의 작은 아들을 요리하라고 일렀다.
"어린 것이 더 연하고 맛있지."

애당초 헬세와 혼인의 연을 맺은 말카는 식인종이었다. 말카의 재력이 절실하게 필요했던 헬세는 혼인을 하고 나서야 말카가 식인종이라는 사실을 알게 되었다. 하지만 때는 이미 늦어 있었다.
'이제 어쩔 수가 없어... 인간을 먹으면서 죽지 않는 식인종을 상대로 어떻게 이길 수가 있겠어?'
헬세는 포기 상태였다. 그리고 말카와 계약을 맺는다.
"한 명은 남겨서 대를 계속 잇게 하시요."
"세 명 낳으면 두 명 먹고, 두 명 낳으면 한 명만 먹어드리리다! 그럴려면 자손을 많이 나아야죠? 호호호!"
그리고 시간은 흘렀다. 죽지 않았던 말카는 대대로 꺼릴 것이 없다는 듯 자신의 욕구를 만족시키며 살아갔다. 자식이 필요하면 식인종임을 숨기고 결혼을 했고, 딸을 낳으면 사위를 맞아 손자를 낳게 한 뒤 사위와 손자를 먹어 치웠고, 아들을 낳으면 며느리를 맞아 손자를 낳게 한 뒤 며느리와 손자를 먹어 치웠다. 그렇게 계속해서 대는 이 어져 내려갔고 결국 필포까지 온 것이다.

"불쌍한 아이를..."
요리장은 차마 말카의 명령을 따를 수가 없었다. 그리하 여 양 새끼를 잡아서 오롤의 아들이라고 속이고 말카에게 주었다. 말카는 배부르게 먹고 만족해하였다. 그리고 며칠 이 지났다.
"오롤을 요리해 와! 애기를 낳았으니 이제 더 싱싱한 며 느리를 맞아야지!"
하지만, 요리장은 이번에도 오롤을 불쌍히 여겼다.
"저렇게 아름다운 여인을 어떻게..."
그리하여 요리장은 사슴을 잡아서 대신 요리하였다. 말카 는 이번에도 대만족을 하였다.

그리고 며칠이 지난 후, 필포가 집에 돌아왔다. 필포의 아 들들과 오롤이 필포를 보고 반가워하며 달려가자 말카는 자신이 속았다는 사실을 깨닫는다.
"저 하찮은 요리장이 감히 나를 속이다니!"
말카의 분노는 걷잡을 수 없었다.
"모두 한꺼번에 죽여 버려야겠어!'
그리하여, 요리장, 요리장의 부인, 오롤, 오롤의 두 아들 을 한꺼번에 독사 우리에 집어넣어 죽이려고 하였다.

'포를 떠놓고 두고두고 먹으면 더 맛있어.'

하지만, 이를 눈치 챈 요리장이 필포에게 알렸고, 필포는 조금의 주저도 없이 말카를 속여서 독사의 우리에 집어넣는데 성공한다. 필포는 안 그래도 말카 집안이 식인종이라는 사실을 어깨너머로 줏어듣고 경악을 금치 못하고 있던 차였기 때문이다.
'식인은 내 대에서 끝내도록 해야지!'

이후, 오롤과 필포는 두 아들들과 함께 행복하게 살았고, 필포가 죽자 장남이 후작의 대를 이어갔다. 하지만, 장남과 차남은 사이가 안 좋았다. 장남에게는 착한 콩라와 어진 원님의 피가 흐르고 있었고, 차남에게는 식인이었던 말카와 말카의 아들이었던 필포의 피가 흐르고 있었다.

큰새

당새

고요한 큰물에 각양각색의 새들이 모여서 살고 있다. 그들은 대대로 현명한 지도자인 당새를 따르며 평화롭게 살았다. 먹이 걱정도 없었고, 잠잘 곳을 찾아 헤매지 않아도 되었고, 포식자들에 대한 위협도 없었다.

그러던 어느 날, 큰새였던 구번이 불평을 하기 시작했다.
"내 몸은 다른 새들보다 더 크고, 더 많은 일을 하기 때문에 더 좋은 음식을 더 많이 먹어야 해."
평상시, 구번은 큰새들 간에서도 품성이 좋지 않기로 유명한 새였다. 하지만, 게으른 큰새 몇 마리가 구번의 말에 유혹되어 동의하였다.
"맞아, 그리고 더 오래 쉬어야 해!"
"우리는 다른 새들보다 우월해! 우리가 한 걸음 달릴 때, 다른 새들은 열 걸음, 스무 걸음을 달려야 하고, 우리가 한 번 날개짓을 할 때, 다른 새들은 열 번, 스무 번의 날개짓을 해도 못 따라와."
"우리의 모습은 다른 새들보다 더 아름다워!"
"그런데도, 우리는 다른 작은 새들하고 똑같은 대우를 받고있어!"

"여기는 평등한 사회가 아니야! 우리는 정당한 대우를 못
받고있어!"

"그래, 우리끼리 평등한 사회를 이루는 것이 더 좋겠어."
그리하여, 큰새들은 반란을 일으키고는 무리를 떠나려 하
였다.

"평등한 사회를 원하는 자들은 누구든 우리를 따르라!"
하지만, 큰새들을 따르는 새들은 큰새들 외에는 아무도
없었다. 게다가, 반란에 동조하지 않고 뒤에 남고자 하는
큰새들도 많았다.

"다른 새들이 날개짓을 더 많이 해야 하는데 왜 큰새들이
더 오래 쉬어야 한다는 거지?"

"너희들의 논리는 이치에 맞지 않아!"

"여기를 버리고 떠나면 너희들 얼마 못가서 후회할 거야!"

"그래, 십 리도 못가서 발병이 날 거다!"

"생각을 다시 해봐!"

"지금 경솔하게 행동하다가 나중에 큰코 다칠 거야!"
다른 새들은 떠나는 큰새들을 말렸지만, 큰새들은 이미
마음을 결정한 후라 어떤 조언도 귀에 들어오지 않았다.

"뭐든지 자신들이 선택한 일에는 그 책임이 따른다는 사
실을 명심하여야 해!"
당새도 마음이 아파 큰새들을 설득했지만 어쩔 수가 없었
다.

수치

새로운 물로 나간 큰새들은 정착하여 나름대로 사회를 꾸려나갔다. 하지만, 시간이 지나면서 큰새들은 자신들의 새 물이 이전에 살던 큰물보다 좋지 않다는 사실을 깨닫게 되었다.

"먹이도 모자라고, 포식자들도 근처에 살고 있고."

"햇빛도 제대로 들지 않아!"

"그래. 여기는 위험해서 잠을 제대로 잘 수가 없어."

"해초가 많아서 다리에 걸리니까 헤엄도 잘 치지 못하고 도망도 빨리 가지 못해."

"맞아. 저번에 다리가 걸려서 그대로 죽는 줄 알았어."

"나는 작은 새가 도와줘서 살아났었어."

언젠가부터 큰새들은 다른 새들을 무더기로 작은 새라고 부르면서 차별을 하고 있었다.

"어? 작은 새가 여기 왔었어?"

"몰랐어? 당새가 잘 지내고 있는지 걱정이 되서 보냈었데."

"언제?"

"저번에 우리들이 떼거지로 포식자한테 당했던 적이 있잖아. 그때, 소식을 듣고 당새가 걱정되서 전령을 보냈던 것 같아."

구번이 콧방귀를 끼면서 말한다.

"당새는 아직도 우리가 돌아오기를 기다리는 것 같아."

"뭐? 그래서, 뭐라고 했어?"

"어?"

"전령한테 뭐라고 했냐고?"

"뭐, 그냥, 우리는 잘 산다고 말했지."

"그랬더니?"

"그랬더니, 뭐? 그냥 그대로 돌아갔지."

"그래서?"

구번이 눈살을 추켜올린다.

"왜 자꾸 그래?"

"왜 잘 산다고 말했어? 여기서 포식자들 때문에 고생하는
것을 잘 알면서."

"어?"

"도움을 받을 수도 있었을 거잖아."

"그래, 그때 못 이기는 척 하고 다시 돌아갔을 수도 있었
는데."

"그러게, 우리가 죽을 지경인데 도움을 요청했어야지."

"난 그냥, 못 산다고 말하면 체면이 말이 아닐 것 같아서.
다 너희들을 위해서... 우리들을 위해서 그랬던 건데."

구번은 얼버무렸다.

큰새들은 앞으로 어떻게 살아야 할지 눈앞이 막막했다.
싫다고 뛰쳐나온 곳으로 꾸역꾸역 고개를 숙이고 다시 들
어가자니 수치심에 견딜 수가 없었기 때문이다.

'그렇다고 이렇게 포식자가 많은 곳에서 살다가는 얼마
가지 않아 우리는 멸종할 것이야.'

55

그때, 한 구석에서 기가 죽어 있던 구번이 다시 입을 열었다.

"우리가 작은 새들의 큰물을 점령하면 되잖아."

"뭐?"

큰새들은 기겁을 하고 구번을 쳐다봤다. 구번의 말을 듣고 큰물을 나왔지만, 새물의 환경이 열악함을 발견 한 후, 구번의 말을 신뢰하지 않던 차였다.

"큰물의 주인이 작은 새들이라는 법있어?"

구번은 아랑곳하지 않고 자신의 제안이 기발나다는 듯이 의기양양하게 말했다. 그러자 곰곰이 생각하던 한 큰새가 혼자말을 하듯이 말한다.

"하긴, 큰물은 우리 물이기도 해!"

"그 생각을 여태 못했네!"

다른 큰새들도 동요하기 시작했다.

"그래, 우리가 이렇게 유배 생활을 할 필요가 없지."

"우리가 자처하기는 했지만, 그래도..."

"작은 새들을 몰아내면 수치심을 가질 필요가 없어."

"좋은 생각이기는 한데..."

큰새들은 큰물에서 살던 좋은 때를 기억해내기 시작했다.

"큰물은 지상낙원이야. 평생 걱정하지 않고 살아도 돼!"

"그래, 큰물보다 더 좋은 물은 이 세상에 없을 거야."

"그러니까, 당새가 새들을 이끌고 거기서 살고 있지."

"하늘이 정해 준 곳이라서 거기서 사는 거야!"

"좋은 곳이니까 하늘이 정해준 거잖아."

"하늘이 정해줬기 때문에 좋은 곳일 수도 있어."

56

그때, 큰새 한 마리가 주저하면서 말을 꺼낸다.

"아, 아, 조용히 해봐. 큰물이 좋은 것은 다 아는 사실이
잖아. 그런데, 너희들 그러면 전쟁을 일으키자는 거야? 같
은 새들끼리?"

구번이 얼른 말을 받는다.

"뭐, 전쟁이라고 할 것까지야."

"전쟁이 아니면 뭐야?"

"글쎄, 작은 새들이 바로 항복할 수도 있잖아? 그러면 우
리가 권력을 장악하고 전쟁을 피할 수 있어."

"작은 새들이 왜 항복을 하겠니? 우리한테 무슨 명분이
있는데?"

명분 얘기가 나오자 큰새들이 고개를 떨군다. 모두들 자
기들의 배를 채우기 위한 이기심 외에는 아무런 명분이
없다는 사실을 잘 알고 있었기 때문이다.

"뭐, 우리 목적을 위해서는 할 수 없지!"

풀이 죽어 있는 큰새들을 보고 구번이 또 다시 외친다.

"게다가, 같은 새도 아니잖아. 외모가 다른데."

구번은 억지를 부리듯 말을 이었다.

"그래도, 유혈 폭동으로 이어질 수 있는 무력을 동원하는
것은 몇 만 년 동안 이어져 온 율법을 어기는 거야!"

그 말을 들은 구번이 아니꼽다는 표정을 짓는다.

"웃기는 소리 하고 있네. 아직도 율법 타령이야? 율법은
우리가 큰물을 떠날 때 벌써 물 건너 간 개념이야."

처음에는 구번이 전쟁을 선동해도 동요하는 큰새들은 많지 않았다. 하지만, 시간이 지나면서 배가 고파오자 큰새들은 구번의 제안을 받아들이게 되었다. 아무도 다른 묘안이 없었기 때문이다.

"우리가 죽게 생겼는데 할 수 없어."

"아니, 그냥 죽는 게 아니라 멸종을 하게 될 거라고."

"이렇게 죽으면 누가 우리를 기억해주겠어?"

"구번 말대로 작은 새들이 금방 항복할 수도 있어."

"우리는 불평등한 사회를 뜯어 고치는 거야!"

"맞아, 더 좋은 사회를 건설하는 거야!"

"우리에게는 후세들이 번성할 수 있는 환경을 제공할 책임이 있어!"

그렇게 큰새들은 자신들의 부정을 정당화시키기 시작했다.

침략

그리고 어느 날, 큰새들이 무리를 지어 전에 살던 큰물로 찾아갔다. 큰물에 있던 다른 새들은 큰새들이 나타나자 두 팔을 벌려서 환영을 했다.

"아! 진작 돌아오지! 이제야 왔어?"

"잘 왔어. 우리가 기다렸어!"

"배고프지?"

다른 새들은 겉으로 보기에도 못 먹어 말라 있는 큰새들에게 음식을 주면서 대접을 하였다. 하지만, 배 불리 먹은 구변은 양심의 가책도 느끼지 않고 인정사정없이 무력으로 다른 새들을 죽여 나가기 시작했다. 그 모습이 마치 혼이 빠지고 넋이 나간 듯 산만하기 그지없었다.

"지금이야!"

그러자 나머지 큰새들도 덩달아 폭력을 휘둘렀다. 대대로 평화롭게만 살던 다른 새들은 밑도 끝도 없이 돌진해 들어오는 큰새들의 유혈 난동에 충격을 먹고는 방어할 생각도 하지 못하고 그대로 얼어버렸다. 새들끼리 서로 공격하여 피를 흘린다는 것은 상상 속에서도 허용이 되지 않는 이해할 수 없는 상황이었기 때문이다.

큰새들의 폭동 소식을 전해 들은 당새는 큰새들의 무리 앞으로 나가서 큰새들의 무지함을 꾸짖었다.

"하늘이 노할 일이야! 무력에 의한 피 한 방울은 더 많은 무력과 그에 따른 더 많은 피를 부를 뿐이라는 것을 모르는 것이야?"

하지만, 이미 선을 넘어 죄업을 지어버린 큰새들의 눈에는 이제 더 이상 보이는 것이 없었다.

"포식자들한테 먹힐 마당에 피 한 방울이 문제야?"

구변은 당새의 위엄 앞에서도 조금의 참회도 없었다.

"내가 당장 배가 고파서 죽게 생겼는데 하늘이 밥먹여 주나?"

"이왕 이렇게 된 거, 이제 갈 때까지 가보는 수밖에 없어."

"이미 엎질러진 물이야!"

대부분의 큰새들도 이제와 후회해 본들 소용이 없다고 이미 포기하고 있었다. 하지만, 몇몇 큰새들이 죄책감을 느끼는 낌새가 보이자, 구번이 쏜살같이 달려가서 당새를 덮쳐버렸다.

"당새가 쓰러졌어!"

그 광경을 지켜본 다른 새들은 물론 큰새들도 기겁을 하고 얼어버렸다. 당새를 해친다는 것은 상상을 초월한 죄업이었기 때문이다.

"내가 너희들을 위해서 이렇게 희생하는 거야!"

구번은 자신을 혐오스러운 눈으로 쳐다보는 모든 새들에게 큰소리를 쳤다. 하지만, 새들은 여전히 얼어붙어 꼼짝도 하지 않고 속으로 생각하고 있었다.

'감히 하늘의 부름을 받은 당새를...천하의 몹쓸 놈!'

'당새에게 덤벼든 새는 역사상 한 마리도 없었어!'

'구번은 이제 천벌을 받을 것이야!'

구번은 고개를 돌려 큰새들의 눈치를 보았다. 큰새들만큼은 자신의 편이라고 생각을 했기 때문이다.

"이것 봐, 당새가 내 앞에서 힘없이 쓰러졌어. 하지만, 하늘에서 아무런 벌이 떨어지지 않잖아! 날 하늘이 인정한 거야. 이제, 우리들의 길을 방해 할 자가 없어! 나를 따라서 평등한 사회를 건설하자!"

그 소리에, 큰새들은 정신을 차린 듯 활개를 치며 마치 하늘의 허락을 받았다는 듯이, 커다란 방해물을 제거했다는 듯이 활보하며 큰물을 삽시간에 난장판으로 만들어버렸다.

"우리들의 세상이 열린 거야!"

수많은 새들이 큰새들의 몸에 눌리기도 하고, 발에 치이기도 하고, 부리에 쪼이기도 하면서 속수무책으로 목숨을 잃어갔다. 그리고 새들의 시체가 수북이 쌓이면서 그토록 맑고 청정하던 큰물이 탁해지기 시작했다. 큰새들은 큰물 자체가 아니라 큰물에서 살던 새들의 너그러운 배려심과 이해심에 의한 평화로운 조화 때문에 큰물이 번성했었다는 사실을 간과하고 있었던 것이다.

결국, 그렇게 큰새들은 새들의 큰물을 점령하였다. 폭력을 금기시하던 새들이 아무렇지도 않게 무력을 휘두르는 큰새들에게 정복당하는 것은 시간 문제였던 것이다.

"이제 우리 마음대로 배부르고 편하게 살게 됐어!"

큰새들은 기쁨을 감추지 못했다. 큰새들은 자신들에 의해서 그토록 맑던 물이 탁해졌다는 사실을 모르고 있었다.

신세계

큰새들은 물론 자신들에게 이로운 사회를 건설해 나갔다.

"우리가 더 몸집이 크니, 그 만큼 우리가 더 많이 먹고 많이 가지고 많이 쉬어야 해! 이것은 평등한 거야!"

"우리가 건설한 세계는 너희들이 듣도 보지도 못했던 신세계야!"

큰새들은 호언장담하면서 그나마 살아남아 노예처럼 전락한 작은 새들의 호응을 얻으려고 하였다. 하지만, 일상생활을 숨이 막히도록 통제 받고있는 다른 새들은 하루하루 먹고 살기에 바빠 다른 고차원적인 개념은 생각 할 겨를이 없었다. 다른 새들은 큰새들의 강압적인 조종에 의해서 허리가 휘도록 나가서 먹이를 구해 와야 했고, 큰새들은 그렇게 구해진 먹이를 세금이라는 이름으로 뜯어내기만 했기 때문이다. 그래도 큰새들은 자신들을 희생적인 위인이요 위대한 지도자라고 포장하고 있었다.

"우리가 다 같이 훌륭하게 살 수 있는 국가를 건설하기 위해서는 세금을 꼬박꼬박 잘 내야지!"

"이게 다 너희들을 위해서라고!"

"번성한 국가를 건설하기 위해서 우리 큰새들이 희생하는 거야!"

그러던 어느 날, 지상낙원이라고 생각했던 큰물에 포식자들이 침략하기 시작했다. 새들의 시체가 쌓인 큰물에서 피비린내가 사방으로 진동을 했기 때문이다. 게다가, 큰새들이 있던 새물에서 큰새들에 맛을 들인 포식자들이 모험을 하면서까지 큰새들의 냄새를 따라 뒤를 쫓아 왔다.

"양도 많고 잡기도 쉬운 큰새를 놓쳐서는 안 돼!"

이를 알게 된 다른 새들은 큰새들이 불행을 자초했다고 쑤군덕거렸다.

"그렇게 무력을 휘두르더니, 올 것이 온 게야."

"신세계는 무슨 신세계야? 모두가 몰살당하게 생겼는데!"

"큰물이 피비린내로 코를 찔러서 포식자들을 초대하는 꼴
이 됐어."

"애당초, 큰새들이 반란을 일으켜 무리에서 떨어져 나가
지 않았었으면 이런 일이 없었을 거야."

"맞아, 새물에서 큰새들이 포식자들에게 노출되지 않았었
으면 큰물은 여전히 평화를 유지할 수 있었을 텐데."

"큰새들은 당새의 깊은 뜻도 모르고 경솔하게 행동했어!"

"당새의 현명함을 따를 자는 없어."

"맞아, 그런데 저렇게 무식한 큰새들이 날뛰고 있으니."

"큰새들 때문에 우리까지... 큰일이야!"

한편, 포식자들에게 겁을 먹은 큰새들은 수많은 다른 새
들을 변방으로 보내 경계를 하고 포식자들을 막아 싸우도
록 하였다. 그리하여, 포식자들에게 잡아먹히는 다른 새들
이 수없이 늘어났고, 큰새를 제외한 다른 새들의 인구는
급격히 줄어들었다.

"작은 새들은 번식력이 높으니 그래도 돼!"

큰새들은 자신들을 정당화시키고 있었다.

이후, 큰새들이 장악한 큰물에는 더 이상 예전의 평화를
찾아 볼 수가 없게 되었다. 포식자들이 주기적으로 배가
고플 때마다 다시 나타났기 때문이다. 하지만, 큰새들은
포식자들을 상대로 싸우다 죽어 간 다른 새들의 죽음을

숨기고 자신들이 군림하는 신세계는 더욱 더 풍요롭고 더욱 더 평화롭다고 하루가 다르게 다른 새들을 더욱 더 강력하게 세뇌하고 있었다.

"이 세상에서 너희들은 가장 작은 새들이야. 그러니 우리 큰새들이 보호하지 않으면 너희들은 멸종될 것이야."

"우리 큰새들의 말을 잘 들어야 신세계에서 행복하게 살 수 있어."

"너희들은 전생에 죄를 많이 지어서 작은 새로 태어났으니, 이승에서 우리 큰새들의 말을 잘 들어야 다음 생에 큰새로 태어나서 호강을 할 수 있어!"

"우리가 만드는 평등한 사회는 너희 작은 새들 능력으로는 만들 수 없어!"

"우리 큰새들은 희생을 하면서 큰물을 지키고 있는 거야."

"우리 큰새들은 종자가 우월해서 지도자로 군림을 해야 해."

"작은 새들이 큰새들을 위해서 봉사를 하는 것은 당연해!"

큰새들이 점령하고 나서도 처음에는 새들의 불만이 종종 있었다. 당새와 같이 살았던 새들이 진실을 알고 있었기 때문이다. 그러면 큰새들은 한편으로는 포식자들의 침입을 알리면서 두려움을 조장하여 새들의 관심을 다른 곳으로 돌렸고, 다른 한편으로는 당새를 알던 새들에게 누명을 씌워서 유배를 보내거나, 쥐도 새도 모르게 제거해 버렸다.

"우리 새들의 안녕을 저해했으니 벌을 받아야지!"

큰새들은 자신들의 정책에 조금이라도 반항하거나 반대하는 다른 새들을 큰물 안전법을 위배한 죄인으로 간주한 것이다.

모방

그렇게 몇 세대가 지나자, 다른 새들은 자신들이 선천적으로 큰새들에 비해 열등하다는 인식을 가지게 되었다. 당새와 같이 살던 새들이 모두 죽어 진실을 알고 있는 새가 한 마리도 남지 않았기 때문이다. 게다가, 큰새들이 자신들의 반란을 언급도 하지 못하게 하여, 모두의 기억속에서 사라지도록 했기 때문에, 다른 새들은 큰새들이 태초부터 지도자였고, 나머지 새들은 큰새들을 우러르고 떠받드는 운명을 타고 났다고 착각을 하게 있었다. 모든 새들이 큰새들을 자신들의 보호자로 의지하고 동경의 대상으로 숭배하게 된 것이다. 몇몇 다른 새들은 심지어 스스로를 비하하여 자신을 작은 새라고 부르기를 마다하지 않았다.

"큰새는 뭐든지 잘해!"

"큰새가 없으면 큰물의 평화가 깨질 거야!"

"큰새들은 무엇을 해도 멋있어!"

"큰새는 큰물의 발전을 위해 훌륭한 일들을 해왔어!"

"큰새들이 하는 것은 어디서든 좋아!"

"큰새들은 어떻게 하든 우아해!"

"큰새들은 누가 하든 획기적인 일만 해!"

"큰물은 큰새들 덕분에 하루가 다르게 번영하고 있어!"

그리고, 작은 새들 특유의 지혜롭던 풍습들은 어느 덧 모
두 사라지고 모두가 배만 부르기 위해서 사는 듯한 큰새
들의 풍습을 따르게 되었다. 작은 새들의 풍습은 구식이
며 뒤떨어졌고, 큰새들의 풍습은 세련됐고 최첨단이라는
인식을 가지게 되었기 때문이다. 그렇게 시간이 지나면서
결국, 작은 새들은 선조들이 대대로 물려주었던 영양가
많은 먹이 잡는 법, 청정하고 맑은 물을 유지하는 법, 해
가 잘 드는 곳을 찾는 법, 건강한 몸과 마음을 유지하는
법 등 태평성대를 이루기 위한 지혜로운 지식을 모두 잊
어버리게 되었다. 더 나아가, 작은 새들은 아무리 아름다
운 새라도 큰새가 아니기 때문에 흉측하다고 여겼고, 아
무리 똑똑한 새들의 의견도 큰새의 의견이 아니면 들을
생각도 하지 않았다.
"큰새들의 모습은 아름답다. 다른 새들의 모습은 아름답
지 못하다."
"큰새들은 똑똑하다. 다른 새들은 큰새만큼 똑똑하지 못
하다!"
"큰새들의 생각은 기발나다! 다른 새들의 제안은 고려할
필요도 없다."

그리고 작은 새들은 큰새들의 일거수일투족을 모방하는
것이 당연하다고, 아니, 성공의 길이라고까지 생각하면서
자랐다. 그리하여 다리를 쭉 뻗어 보기도 하고, 날개를 활

짝 펼쳐 보기도 하고, 목을 쭈욱 늘려보기도 하면서 큰새처럼 보이려고 노력했다. 하지만, 아무리 노력을 해도 작은 새들이 거대한 몸집의 큰새를 모방하는 것은 불가능했다. 그러자, 심지어 큰새들과 교배를 시도하는 작은 새들도 생겨났다. 작은 새들의 심리를 이용하여 몇몇 큰새들이 먹이를 받는 조건으로 작은 새와 교배를 하기 시작했기 때문이다. 하지만, 거의 모두가 교배에 실패를 했으며, 새끼를 낳기도 전에 죽는 임신부들이 수두룩했고 설사 출산에 성공하였다 하더라도 새로 태어나는 혼혈 새들은 유아기를 벗어나지 못하고 세상을 떠났다.

"타고난 운명은 어쩔 수 없나봐!"

사춘

언젠가부터, 작은 새들 간에 자신들의 외모는 물론 운명까지 한탄하는 분위기가 조성되기 시작했다.

"아무리 달리기를 잘해도, 아무리 헤엄을 잘 쳐도 큰새들을 따라 잡을 수가 없어."

"나는 왜 이렇게 태어났지?"

"왜 큰새로 태어나지 못한 거야?"

"태어나면서부터 금수저를 타고 태어나지 못했으니..."

"태어날 때부터 벌써 2류 인생이야."

"운명은 배속에서 벌써 정해져 있었던 거야!"

큰새가 아닌 새들 중 성년으로 자라면서 눈에서 피눈물을 흘려보지 않은 새가 없었다. 천진난만하게 태어나 행복한 유년기를 보냈던 새들이 성년으로 접어들면서 큰새들이 독점하는 사회의 양상을 알게 되고서 모두가 똑같은 절망을 경험하게 되었기 때문이다.

"큰새가 아니면 성공도 할 수 없는 세상!"

"큰새가 아니면 살 가치도 없는 세상!"

"큰새가 아니면 입도 열지 못하는 세상!"

"큰새가 아니면 똑똑하지도 않고, 예쁘지도 않고, 창의적으로 생각도 못하는 세상!"

하지만, 큰새들은 이를 사춘기라고 부르면서 작은 새들을 안심시켰다.

"세상을 직시하고 자신의 참모습을 보게 되니 하늘이 무너지고, 땅이 갈라져 자신의 존재가 사라질 것 같은 절망감을 느끼는 게지. 하지만, 당연한 성장 과정이야! 걱정할 필요 없어. 모두가 사회에 곧 적응을 하게 될 거야. 우리 큰새들이 작은 새들의 복지를 위해서 노력하고 있잖아."

결국, 작은 새들은 큰새들의 교육에 세뇌되었고, 불평등한 사회에서 느끼게 되는 무기력, 절망, 회의감을 성년이 되는 증거라고 받아들이게 되었다. 자신들의 혼돈된 좌절감을 해소할 수 있는 다른 어떤 설명도 출구도 없었기 때문이다.

규정

"작은 새들이 무기력해지니까 일에 능률이 떨어져서 생산량이 급격히 줄어들었어."

"맞아, 구해오는 식량이 주니까 우리가 배부르게 살 수가 없잖아."

"저렇게 불만이 쌓이다가는 언젠가 들고 일어날지도 몰라!"

"희망 없이 불만만 쌓여서 그래."

"거참, 귀찮아졌어!"

큰새들은 작은 새들의 불만을 사회에 부정적으로 쏟아내지 못하게 하기 위해, 관심을 다른 곳으로 돌려야 했다.

"희망? 흠, 그럼 이렇게 하면 어떨까?"

"어?"

"작은 새 한 마리를 우리 중앙회의에 참석하게 하자. 그러면 작은 새들도 성공할 수 있다고 착각하게 될 거야. 가짜 희망을 주는 거지!"

"그거 좋은 생각이다. 작은 새가 우리 중앙회의에 참석하면 작은 새들이 우리가 내리는 결정에 반발도 못할 거야."

그리하여 큰새들은 작은 새들 중 경험도 없고, 현명하지도 않고, 배불리 먹기만을 원하며 다른 새들 앞에서 우쭐해하고 싶어 하는 속 얕은 젊은 새를 뽑아서 큰새들의 중앙회의에 참석할 수 있는 권한을 주었다. 아니나다를까, 그렇게 뽑힌 작은 새는 평생의 소원을 이루었다는 듯, 다른 작은 새들 앞에서 으스대면서 큰새들에게 아부를 하였다.

"큰새들에게 고개를 숙이는 것이 잘 사는 길이야."

낙인

"작은 새들은 부모나 자식을 위해서는 못할 것이 없다는 식이야!"

하루는, 큰새들이 골치가 아프다는 듯이 회의를 하고 있다. 개인주의를 옹호하던 큰새들에게는 작은 새들이 가지고 있는 가족에 대한 개념이 이해가 안되었기 때문이다.

"가정의 끈을 끊어버리지 않으면 우리가 작은 새들을 조종하기가 힘들 거야!"

"맞아, 작은 새들의 부모와 자식 간의 유대관계가 너무나 끈끈해!"

그리고, 큰새들은 사춘기라는 개념을 이용하여 새로운 율법을 제정하였다.

"만일, 사춘기가 넘어서도 여전히 먹이를 혼자 찾아먹지 못하고 부모에게 의지하는 경우에는 .바보라는 낙인을 찍겠다."

작은 새들은 새로운 율법이 전체 새들을 위한 것이라 확신하면서 아무런 의심도 없이 받아들였다.

"우리 같은 작은 새가 중앙회의에 참석했었으니 우리에게 해로운 법은 아닐 거야!"

큰새들은 더 나아가 부모들까지 규제하였다.

"수치스럽게 바보의 낙인을 달고 살게 하느니 그대로 굶어 죽게 하는 것이 더 낫겠다."

"험한 세상을 살려면 기본적으로 강인해야 하잖아. 그렇게 계속 먹이를 찾아 주면 안 돼!"

"우리 큰물에서 살려면 그 정도는 기본으로 갖추어야 해!"

"부모가 솔선수범해야지!"

"가정이 사회의 율법을 잘 따라야 사회 전체가 건강해 지는 거야!"

그리고 큰새들은 이를 마치 큰물에서 성공할 수 있는 조건인양 광고하였다.

"율법을 잘 지키면 작은 새들도 큰새들처럼 성공할 수 있어!"

"작은 새가 건강한 성년으로 거듭나서 큰새들의 큰물에 공헌을 하기 위한 필수 사항이야!"

"공헌도가 높으면 당연히 성공을 할 수 있지!"

이후, 작은 새들은 큰새들의 사회에서 먹을 것을 잘 찾아 큰새들에게 세금을 잘 내는 성인으로 자라는 것이 사회에서 성공하는 길이라는 환상을 가지게 되었다.

"성년이 되는 날 이후로는 직접 먹이를 찾아먹고 먹이를 날아다 사회에 공헌해야 해!"

그리하여, 작은 새들은 자라면서 가지게 된 좌절감과 부정적인 감정을 잊어버리고 바보라는 낙인이 찍히지 않기 위해서, 또, 주위의 눈총을 사지 않고 부모들이 자신들에

71

대한 자부심을 가지게 하기 위해서 열심히 일하기 시작했다.

그렇게 시간이 지나면서, 먹이 찾기에 격렬한 경쟁이 붙기 시작했다.
"바보라는 낙인이 찍히면 평생을 낙오자로 살아야 해!"
"바보라는 치욕은 견딜 수가 없어!"
그리고, 어느 덧, 새들의 마음속에 부모님에 대한 효도나, 형제에 대한 우애보다, 큰새들의 사회에서 성공하는 것이 더 중요하다는 인식이 들어서기 시작했다.
"형제애가 치욕을 씻어주나?"
"부모에게 잘해봤자 사회에서 성공하지 못해!"
결국, 큰새들이 원하던 대로 가족의 유대관계가 위태로워진 것이다. 그렇게 사회의 모든 것이 큰새들이 의도한 대로, 큰새들이 원하는 대로 나아가고 있었다.

번식

그러던 어느 날, 큰새들은 자신들의 번식력이 작은 새들에 비해 떨어진다는 사실을 알게 되었다.
"이렇게 가다가는 지배층으로 군림하기가 점점 더 힘들어질것 같아."
"변방에서 그렇게 죽어가는 데도 우리의 번식력으로는 저들을 따라잡을 수가 없어!"
"숫적으로 열세가 되면 불리해질 텐데 큰일이야."

"우리가 그들의 번식력을 따라 잡을 수가 없는 데 어떻게?"

모두가 걱정으로 침울해 있었다. 그때 구번이 입을 연다.

"그러면, 그들의 번식력을 줄이면 되잖아."

"어떻게?"

"포식자들 있지?"

"그건 알지만, 우리가 포식자들에게 새들을 갖다 바칠 수도 없고. 포식자들은 우리나 작은 새들이나 구분하지 않고 잡아먹는데?"

"포식자들이 있는 곳으로 작은 새들을 보내면 되잖아?"

"흠. 좋은 방법이긴 한데, 어떤 머저리가 포식자가 있는 곳으로 스스로 가겠어?"

"작은 새들이 우리처럼 큰 몸과 큰 날개를 갖고 싶어서 안달인 거 알아?"

"당연히 알지. 조금만이 그들의 별명이잖아. 조금만 몸을 늘리면, 조금만 목을 늘리며, 조금만 날개를 늘리면, 뭐, 그렇게 염불을 외우다시피 하면서 다니니까. 하하하! 그게 가능하기나 해?"

"그 심리를 이용하면 돼."

"무슨 말이야?"

"작은 새도 큰새가 될 수 있다는 광고를 하는 거야."

운명

"저기 가서 포식자인 기다란 뱀을 잡아먹으면 우리같이 목이 길어 질 수 있다고 하는 거야."

"뭐?"

"하하하. 그런 거짓말을 믿을 것 같아?"

"당새도 없는데 그들의 눈을 뜨게 할 새가 어디 있어?"

"하긴, 오래전에 당새같이 현명한 노령의 새들은 모두 제거해 버렸으니."

"게다가, 작은 새들은 용맹무쌍함을 영웅의 품성이라고 우러르고 있잖아. 우리 계획에 딱 맞아 떨어진다고."

"포식자들을 두려워하지 않는 용맹무쌍함을 증명하기 위해서 과감하게 뱀을 잡으러 갈 것이라는 거지?"

"그래, 게다가, 작은 새들은 선천적으로 희생정신까지 있어! 자식을 위해서, 부모를 위해서, 사랑하는 이를 위해서는 못할 것이 없다는 식이잖아!"

"그렇지! 가족의 끈끈한 유대감을 끊었는데도 아직 여전하더라!"

큰새들은 밑져야 본전이라는 식으로 계획을 실행에 옮겼다. 그리고 작은 새들은 큰새들이 기대했던 대로 위험도 무릅쓰고 뱀이 많이 나오는 곳으로 자원해서 떠났다.

"큰새처럼 되면 부모님이 자랑스러워 할 거야."

"내가 큰새가 되면 내 후손이 편하게 살 수 있어!"

큰새들의 광고에 속아 넘어간 작은 새들이 타고난 운명을 바꿀 수 있는 좋은 기회라고 판단을 한 것이다.

그렇게 작은 새들은 죽음의 물로 주저 없이 떠났고, 용맹하게 뱀과 싸웠다. 하지만, 대부분은 뱀을 잡으려다가 그대로 죽음을 맞아 이 세상에서 사라져버렸다. 어쩌다가 다행스럽게도 뱀을 잡아 살아 돌아온 새들은 이런저런 합법적인 이유로 큰새들에게 잡아 온 뱀을 뺏기기가 일쑤였다. 포식자인 뱀은 큰새들에게는 평생 한 번 먹을까 말까 한 보약이었기 때문이다. 그러면 작은 새들은 또 다시 뱀을 잡으러 먼길을 떠나야 했다. 어떤 때는 큰새들에게 칭찬을 받고 사회적으로 높은 지위에 오른 후, 많은 지원을 받으면서 영웅이 되었다는 자부심을 가지고 또 다시 뱀을 잡으러 떠났다. 하지만, 결국, 살아 돌아오는 새들은 거의 없었다.

한편, 목에 대한 거짓말로 재미를 들인 큰새들은 또 다른 거짓말을 퍼뜨렸다.
"저기, 저 물 건넛가에 가서 들판에 몸을 비비면 우리같이 커다란 몸을 가질 수 있어."
그 소리를 들은 작은 새들은 포식자에게 노출된다는 위험도 잊어버리고 사방이 트여 있는 들판으로 가서 몸을 비벼댔다.
"내가 큰새가 되면 모두가 부러워 할 거야."
그러자, 치타나 여우 같은 포식자들이 기회를 노렸다는 듯이 달려와 잡아먹었다.

큰새들은 그것으로 만족하지 않았다.

75

"저기 가서 나무가지에 날개를 걸치고 당기면 날개가 우리만큼 커질 수 있어."

이번에도 작은 새들은 부엉이 같은 맹금류와 표범 같은 맹수들의 위협에도 불구하고 날개를 크게 할 수 있다는 희망만을 가지고 낑낑거리며 나무에 올라앉아서 날개를 비벼댔다.

"큰새가 되어서 떵떵거릴 거야!"

하지만 얼마 지나지 않아 작은 새들은 포식자들의 목표물이 되어 깃털만 뒤에 남기고 사라졌다. 그렇게 번식기에 있는 작은 새들이 용맹함을 증명하다가 대량으로 죽어갔다.

한편, 중앙회의에서 활동하는 단 한 마리의 작은 새로 뽑히고자, 수많은 작은 새들이 경쟁을 하기 시작했다. 그리하여, 작은 새들 간에 훔치고, 비난하고, 싸우고, 심지어 죽이기까지 하는 포악함이 늘어나고 있었다. 아무도, 중앙회의에 더 많은 작은 새가 있어야 한다는 생각은 가지지 못하고 있었다.

"성공의 길은 원래 바늘구멍 들어가듯이 어려운 법이야!"

"성공은 어렵게 얻어지는 법이야. 안 그러면 누구나 다 성공하게?"

"좋은 약이 입에 쓰다고, 양약고구良藥苦口라는 말 들어봤지? 크게 성공하려면 그 만큼 큰 고통을 감수해야지."

큰새들에게 세뇌 받은 작은 새들은 아무도 큰새들의 정책에 반론을 제기할 생각조차 하지 못하고 있었던 것이다.

그러던 어느 날, 큰새들은 작은 새들의 번식력이 현저히 떨어졌음을 확인하게 되었다.

"이건 거대한 성과야! 하하하!"

"우리 큰새들은 역시 똑똑해!"

"앞으로는 걱정 할 거 아무것도 없어."

"이제야, 두발 뻗고 잘 수 있겠어. 하하하!"

그렇게 작은 새들은 자신들이 당하는 부당대우를 인식조차 하지 못하고 살고 있었다.

새 세대

세월이 흘렀다. 어느 날, 새롭게 자라나는 작은 새들 간에 불평불만이 생기기 시작했다.

"그런데 말야, 너 뭔가가 이상하다고 생각되지 않아?"

"뭐가?"

"우리 사회가 평등하다고 하잖아."

"그런데?"

"너, 변방을 지키는 새들 중에 큰새가 한 마리도 없는 거 알아?"

"큰새들은 중앙회의에서 지휘를 하잖아!"

"하지만, 큰새들은 몸집이 크니까 방어하는데 우리 작은 새들보다 더 유리하지 않냐?"

"맞아, 우리 작은 새 열 마리가 방어하는 면적을 큰새 한 마리가 방어할 수 있을 텐데."

"게다가, 중앙회의에 참석하는 작은 새는 한 마리밖에 없어."

"그러게, 수적으로는 작은 새가 훨씬 많은 데, 우리의 의사를 중앙회의에 반영할 수 있는 새가 고작 한 마리라니..."

"큰새들은 머리가 좋아서 그래."

"하지만, 사실, 큰새들 중에도 머저리 같은 큰새가 얼마나 많냐?"

"하긴, 큰새라고 똑똑하지는 않더라."

"저번에는 머리를 물속에 처박고 꺼낼 줄 몰라 하는 큰새도 봤어. 하하하!"

"나는 다리에 날개가 걸려서 어쩔 줄 몰라 하는 큰새를 도운 적이 있어."

"우리 작은 새들이 돕지 않았으면 죽었을 큰새들이 얼마나 많냐?"

"게다가, 모든 것이 큰새들의 기준에 맞게 되어 있는 거 알아? 내가 보기에는 작은 새가 더 예쁘고, 더 똑똑한데도 작은 새라는 이유 때문에 평생 못났다, 어리석다라는 평판을 버릴 수가 없어."

"맞아, 작은 새는 예쁘다고, 똑똑하다고 맘 놓고 칭찬도 못해. 그랬다가는 당장 비난을 받거나 조롱의 대상이 되잖아."

"작은 새들이 똑똑하다고 하면 큰새들이 위협적으로 느껴서 그래."

"이제는 하도 세뇌가 되어서 작은 새까지 작은 새들을 칭찬하는 다른 작은 새들을 빈정거리고 비웃기까지 해."

"작은 새가 우월하다고 말했다가는 쥐도 새도 모르게 처형당할걸?"

"맞아, 조금이라도 큰새들이 위협적으로 느끼는 말이나 행동은 삼가야 해."

"난 맨날 큰새 따라하다가 시간 다 가버리는 거같아. 힘든 거는 둘째 치고."

"나도 맨날 큰새들이 먹다 남은 음식만 먹게 되는 것이 피곤해. 그게 어떻게 평등일 수가 있어? 난, 이 사회가 평등하다고 생각되지 않아!"

"너 말을 듣고 보니 그렇다!"

"안 그래도 나도 의아해하던 중이야."

"나도 따라가는 것이 이제는 피곤해."

그때, 구석에서 가만히 듣고 있던 작은 새가 입을 연다.

"변방에 큰새들이 없는 이유는 작은 새들을 차별해서 그런 거래."

"그 말이 일리가 있어."

"맞아, 큰새들이 자신들의 평안한 삶을 유지하기 위해서 작은 새들의 생명을 이용하는 거야!"

"나도 그렇게 생각한 적이 있어!"

착하디착해 악을 상상조차 하지 못하던 작은 새들은 그렇게 오랜 세월이 지난 후에야, 그토록 많은 세대가 희생을 당한 후에야, 큰새들에 의해서 이루어진 모순투성이의 사회를 인식하고, 드디어 사회를 올바르게 보는 눈을 뜨기 시작한 것이다.

"몸이 작다고 우리를 무시하는 거야!"

"맞아, 똑같은 밥 먹고, 똑같은 물에서 살면서, 단지 작은 새라는 이유 때문에 사는 형편이 천지차이가 나."

"외모로 차별 대우를 하는 사회는 이상적인 사회가 될 수 없어!"

"이건 평등 사회라고 볼 수가 없어!"

"우리가 작은 새로 태어난 것이 우리 잘못도 아니잖아?"

"맞아, 하늘이 정한 일을 가지고 차별을 두면 안 돼."

그리고 작은 새들의 불만은 포화상태를 넘어 결국 밖으로 표출되기 시작했다.

"모두에게 평등한 기회를 달라!"

"외모로 차별하는 것은 악마의 짓이다!"

계획

하지만, 큰새들은 작은 새들의 불평을 거들떠보지도 않았다. 그 동안 강력한 권력기반을 마련해 놓았기 때문이다.

"지네들이 뛰어봐야 벼룩이지, 하하하!"

하지만, 시간이 지나면서 평등을 요구하는 작은 새들의 소리가 점점 더 커지자, 큰새들은 그제서야 긴급회의를 열었다. 이는 큰새들에게는 처음으로 맞는 커다란 위기였다.

"저것들이 옛날 우리 선조들 같지 않아?"

큰새들이 웅성거린다.

"어? 뭐가?

"애당초 선조들이 당새에게 불평등하다고 불만을 품고 반란을 일으켰다고 하잖아."

그런 생각이 들자 큰새들은 갑자기 두려워졌다. 업보라는 생각이 머리를 스치고 지나갔기 때문이다.

"저것들을 그대로 두면 안 되겠어."

"그래, 가만히 놔뒀다가는 선조들이 정권을 장악했듯이..."

그리곤 큰새는 말을 맺지 못했다.

"그대로 뒀다가는 굴러가는 눈덩이가 불어나듯이 커지겠어."

"이쯤해서 제거해 버리는 것이 좋겠어."

"아니야, 그랬다가는 우리가 저들을 탄압한다는 주장을 인정하는 꼴이 돼."

"맞아, 그러면 작은 새들이 한꺼번에 들고 일어날 거야. 불에 기름을 붓는 꼴이야."

"게다가, 우리를 위한 일꾼이 필요하잖아."

"그러면 어떻게 해야 하지?"

큰새들은 생각에 잠겼다. 한참 후, 한 큰새가 기쁜 모습으로 고개를 든다. 구번의 후손인 푸강이다.

"왜? 뭐 좋은 생각이 났어?"

"응. 저 목소리 높이는 작은 새들 중 대장만 없으면 되지 않겠어?"

"어떻게?"

"저 목소리 높이는 대장에게 누명을 씌워서 아무도 그의 말을 못 듣게 하면 돼."

"어떤 누명을? 작은 새들은 배려심이 많아서 서로의 잘못을 포용한단 말이야."

"그들이 싫어하는 누명을 씌우면 돼."

"뭐? 어떤?"

"글쎄, 뒷조사를 좀 해봐야겠지. 뭔가 구린 곳이 있을 거야. 날개 털어서 먼지 안 나는 새 없다고 하잖아."

그리고 며칠이 지났다. 큰새들이 또 다시 머리를 맞대고 의논을 하고 있다.

"조사해 보니까, 글쎄, 저 목소리 높이는 새가 당새의 후손이었어!"

"뭐? 다 죽였다고 했잖아?"

"귀신이 곡할 노릇이지. 선대에서 무슨 실수를 한 거야."

"피는 못 속인다고 하더니."

"그래서 이제 어째?"

"새들을 위해서가 아니라 당새의 개인적인 보복을 하기 위해 새들을 선동한다고 할까?"

82

"아니야. 당새의 후손이라는 것이 알려지면 새들이 오히려 지도자로 모시면서 뭉치게 될 거야."

"그럼, 어떻게 해야 하지?"

"그냥 죽여 버리자. 우연한 강도 살인, 뭐, 그런 거?"

"안돼, 작은 새들은 인과응보를 믿어. 절대 우연이라고 간주하지 않을 거야."

"그래, 의심받고 꼬투리 잡힐 짓은 절대 안돼!"

"그럼, 중노동을 시켜서 입을 열지 못하게 하자."

푸강은 좋은 생각이라며 뿌듯해 했다.

"몸이 피곤하면 말 할 기력도 없어지잖아. 그러면 다른 새들의 사기도 꺾일 거야."

"하지만, 작은 새들이 오히려 들고 일어 날 수도 있어. 안 그래도 평등을 부르짖고 있는데 어떻게 한 마리한테만 중노동을 시키냐?"

"맞아, 그냥, 누명을 씌워서 먼 곳으로 유배를 보내는 게 낫지 않겠어?"

"그래, 보이지 않으면 잊는다고 했어."

"그럼, 중노동을 시키다가 작은 새들의 반응을 보고서 포식자가 있는 곳으로 유배를 보내 버리자."

푸강은 여전히 자신의 제안을 밀어붙였다.

"흠, 그럼, 한번 시도나 해보자."

그리하여 당새의 후손은 갖은 고역을 견디며 중노동에 시달리다가, 결국 미운 새라는 누명을 쓰고 유배지로 보내졌다. 새들은 모두 당새의 후손이 억울한 누명을 쓴 것이라고 알고 있었지만, 지도자를 잃은 새들의 목소리는 원동력을 잃고 곧 잠잠해졌다. 작은 새들이 맞서 싸울 힘을 잃을 것이라는 큰새들의 계략이 먹혀들어간 것이다. 하지만, 작은 새들의 마음속에는 더욱 더 확고한 신념이 자리를 잡기 시작했다.

"큰새들은 독재자야!"

"이 사회는 우리를 위한 것이 아니야!"

"큰새들은 우리의 적이 확실해!"

"큰새들에게 충성할 필요가 없어!"

그래도, 겉으로는 모든 것이 예전과 같이 돌아가는 듯 시간이 흘렀다.

새물

목소리를 높이던 작은 새들이 잠잠해지자 큰새들은 작은 새들을 더욱 더 얕보기 시작했고 시간이 지나면서 해이해지기까지 했다. 그러던 어느 날부터, 보이지 않는, 하지만, 커다란 변화가 작은 새들간에 일어나기 시작했다. 작은 새들이 큰새들이 하라는 대로 째깍째깍 따르지 않게 된 것이다. 그래도, 터지기 일보직전의 반란을 제압한 큰새들은 자신감에 도취되어 해이해질 대로 해이해져서 작은 새들의 작은 반항 하나하나를 지적하며 다루기 귀찮아했다.

"불이 다 꺼진 후에, 뭐!"

어느 날, 작은 새들이 기진맥진하여 더 이상 날개를 짓거나 다리를 놀릴 힘이 없게 되었다. 그 동안, 탄압에 시달리며 강제노동에 동원되어 살았기에 기력을 다 잃어버린 것이다. 작은 새들은 그대로 기운을 잃고 흐르는 물에 몸을 맡긴 채 잠이 들어버렸다. 날이 어두워졌을 때 유치장 같은 집으로 돌아가지 않으면 큰새들의 탄압이 있을 것이라는 위협도 이제는 겁이 나지 않았다.

다음 날, 아침이 되어 작은 새들이 눈을 뜨자, 생전 보지 못한 한적한 호수가 눈앞에 펼쳐지고 있었다. 모두가 잠든 어두운 밤에도 물은 계속해서 흘러 작은 새들의 무리를 큰물 밖으로 인도하였던 것이다.

"어마, 여기가 어디지? 큰새들이 보이지 않아!"

"우리가 표류됐어!"

"여기 봐, 너무나 고요해."

"먹이도 많아."

"여기서 살아도 되겠어."

"큰물보다 더 맑은 데?"

작은 새들은 배를 불려 기운을 차리고는 맑은 새물을 발견한 기쁨에 흥분하여 그동안 더러워진 몸을 씻었다.

"이게 진정한 자유야!"

그러던 중, 한 쪽에서 잡담하는 소리가 들렸다. 작은 새들은 소리가 나는 쪽으로 고개를 돌렸다. 거기에는, 여태껏 보지 못했던 쪼그만 새들이 옹기종기 모여서 먹이 사냥을 하고 있었다.

"세상에! 저렇게 쪼그만 새들이 있었어?"

"우리가 제일 작은 새라고 하더니? 아니었어?"

"아니네! 큰새들이 우리를 속인 거야!"

작은 새들은 용기를 내어 쪼그만 새들의 무리로 다가갔다.

"안녕? 뭐 해?"

"보면 몰라? 밥 먹고 있잖아."

쪼그만 새들은 밥을 먹느라 정신이 없었다. 그때, 한 늙은 쪼그만 새가 앞으로 나오더니 퉁명스럽게 대답을 하던 쪼그만 새를 꾸짖는다.

"손님을 그렇게 맞으면 쓰나?"

책망을 들은 쪼그만 새는 뒷모습을 보이며 멀어져갔다.

"어디서 오셨수?"

"아, 예, 저기 저쪽..."

"어? 큰물? 아이구!"

작은 새가 말을 끝내기도 전에 쪼그만 새는 작은 새가 가리키는 방향을 보고서 큰물에서 왔다고 단정을 하였다. 그리고 이를 전해 들은 다른 쪼그만 새들이 주위에 몰려들었다.

"아이, 좀 비켜"

"내 앞 가리지 마."

"아, 이리 좀 와 봐요. 자세히 좀 봅시다."

쪼그만 새들은 이야기로만 듣던 큰물에서 살던 새를 실제로 만났다는 사실에 놀라움을 감출 수가 없었다.

쪼그만 새

"큰물에서 오셨으면 당새의 후손들이 분명해!"
쪼그만 새들은 작은 새들을 영웅으로 간주하며 물을 건너온 모험담을 기대하고 귀를 기울였다.
"당새님은 안녕하신가요?"
"그게, 저희도 전설..."
"당연하지! 당새님은 불사조야!"
"큰물에는 어떤 새들이 살고 있나요?"
"예? 뭐, 새라는 게..."
"큰물의 크기가 이 물의 백 배보다도 더 크다고 하던데 사실인가요?"
"예? 뭐, 그렇게..."
쪼그만 새들은 작은 새들이 답을 할 시간도 주지 않고 질문을 퍼부었다.
"큰물에 사는 큰새는 날개를 피면 우리들 백 마리 길이가 된다고 하던데, 정말이예요?"
쪼그만 새들이 주위로 몰려와 빽빽하게 숨 쉴 틈이 없었다.

작은 새들은 큰물을 신비스럽게 여기는 쪼그만 새들에게 둘러싸여서, 큰물과 큰새들에 대한 이야기를 하기 시작했다. 하지만, 큰새들의 포악한 품성까지 전할 수가 없었다. 쪼그만 새들이 너무나 순박하게 큰물에서 사는 큰새들을 동경하고 있었기 때문이다.

"사실을 말해도 믿지를 않을 거야."

"믿지를 않는 게 아니라 이해를 못할 것 같은데?"

큰새들로 인해서 생의 험악한 면을 경험해 보았던 작은
새들의 눈에는 쪼그만 새들이 너무나 순박해 보였다.

그렇게 하루가 꼬박 지나고, 날이 어두워지자, 쪼그만 새
대장이 모두를 불러 들였다.

"모두들, 잠 잘 시간이예요. 들어가서 자도록 해요."

"아이, 오늘 하루 가지고는 다 듣지 못하겠어. 내일도 머
물면서 또 얘기 해 주세요. 제발?"

쪼그만 새들은 작은 새들에게 부탁을 하면서 날개를 모았
다.

"아, 예!"

"그럼 내일 봐요. 안녕히 주무세요!"

"편히 쉬세요!"

"먼길을 오느라 힘들 텐데 곤히 주무세요!"

쪼그만 새들은 모두가 친절하게 서로서로 안녕을 빌면서
잠자리로 들어갔다.

정착

이후, 작은 새들은 쪼그만 새들에게 환영을 받으며 정착
을 하고 살게 되었다. 쪼그만 새들의 사회에서는 외모에
상관없이 모두가 서로를 배려하며 평화로운 나날을 보내
고 있었다. 그리고, 작은 새들은 쪼그만 새들이 전설의 새,

당새를 공경하면서 그의 가르침을 그대로 준수하고 산다는 것을 알게 되었다.

"이런 풍습이 우리 선조들에 의한 것이라는 것도 우리는 모르고 있었어!"

"큰새들이 모든 것을 은폐했었어!"

"여기는 아무런 차별도 없어."

"이게 진짜 태평성대를 이루는 평등사회야!"

작은 새들은 큰새들이 무시하던 쪼그만 새들의 사회에서 큰새들은 이루지 못했던 이상적인 평화의 사회를 드디어 경험하게 된 것이다. 이는 당새의 지도하에 선조들이 이루어 살던 평등 사회와 다를 바가 없었다. 하지만, 몇 세대가 지난 지금, 작은 새들은 자신들의 선조가 살던 생활 양식도 인식하지 못하고 있었던 것이다. 이후, 작은 새들은 쪼그만 새들로부터 당새의 지혜와 선조들의 풍습을 다시 배워 익혔다.

꿈

그러던 어느 날, 쪼그만 새들이 사는 물에 큰새들이 몰려왔다. 큰새들이 결국 포식자들에게 큰물을 뺏기고 혼비백산 도망을 온 것이다. 작은 새들은 큰새들이 나타났다는 소식을 듣고 모두 숨어버렸다.

"큰새들을 믿으면 안 돼!"

작은 새들은 쪼그만 새들에게 조언을 했지만, 쪼그만 새들은 작은 새들의 말에 귀를 기울일 수가 없었다. 난생 처음 보는 거대한 몸집을 가진 큰새들의 갑작스런 출현에 넋을 잃고 쳐다보기에 정신이 없었기 때문이다.

이를 본 큰새들은 도망 오느라 형편없어진 자신들의 겉모습을 말끔히 단장 하더니 쪼그만 새들에게 신사 숙녀처럼 정중한 예를 갖추어 인사를 했다.
"흐흠, 우리가 바로 저기 큰물에 살던 큰새들입니다. 왜 하늘의 힘을 받고 산다는... 들어보셨을 텐데요. 하하하!"
"어... 아... 예..."
쪼그만 새들은 여전히 동경심과 경외심에 놀라서 말을 잇지 못했다.
'당새의 후손이라서 정말 어마어마하게 위풍 있고 멋지게 생겼어!'

"우리가 여기서 당분간 지내야 할 것 같은데..."
그제서야, 쪼그만 새들이 정신이 들은 듯 입을 열었다.
"아, 예, 그러세요. 저희들은 영광입니다. 필요한 만큼 얼마든지 계셔도 되요. 저희는 환영입니다."
그러자, 큰새들은 만족한 미소를 보였다. 하지만, 먼발치에서 이를 지켜보던 작은 새들은 큰새들이 임시적으로 머물 것이라는 말을 믿지 않았다.
"큰일이다."
"하지만, 쪼그만 새들이 우리말을 믿지 않아!"
"직접 경험해 보지 않으면 큰새들의 교활함을 알지 못할 거야."

"언젠가 이 고요한 물이 또 쑥대밭으로 변할 거야."
그리고 작은 새들은 새물을 떠날 채비를 하였다.

시간은 흘렀고, 작은 새들의 예감은 적중했다. 큰새들은
또 다시 반란을 일으켰다.
"우리는 몸집이 큰데 너희들 같이 쪼그만 새와 같은 대우
를 받는 다는 것은 불공평해."
큰물에서 당새에게 반란을 일으켜 작은 새들을 노예로 부
렸던 수법과 똑같은 방법이었다.
"이런 사회는 평등사회가 아니야!"
"평등하지 않은 사회는 없어져야 해!"
"우리 큰새들이 평등한 사회를 만들테니 우리를 믿고 따
르라!"
"너희들 쪼그만 새들은 몸집이 작아서 발전한 사회를 이
룰 능력이 없어."
"우리가 만드는 신세계에 합류하는 것이 좋을 거야!"
이후, 큰새들은 작은 새들을 무자비하게 죽였듯이 쪼그만
새들을 잔인하게 몰아내 죽였다. 그리하여, 새물은 새들의
시체로 피비린내를 풍기며 탁해졌고, 큰새들이 권력을 장
악하였으며, 쪼그만 새들은 노예로 전락하게 되었다.

그리고, 큰새들이 새물을 장악한 지 얼마 지나지 않아, 피
비린내를 맡은 포식자들이 새물에 또 다시 나타나기 시작
했다. 큰물에서 더 이상 먹이를 구할 수 없었던 포식자들
이 피 냄새를 맡고, 큰새들의 냄새를 따라서 새물을 침략

한 것이다. 큰새들은 예전처럼 쪼그만 새들을 공격 최전
선에 내세우고 뒤에서 편하게 살았다. 하지만, 쪼그만 새
들의 방어벽은 점점 더 허물고 있었다.

오랜 시간이 흘렀다. 큰새들의 탄압에 견디지를 못한 몇
몇 쪼그만 새들이 집으로 돌아갈 기력도 없이 물에 몸을
맡기고 잠에 빠져버렸다. 그리고, 광대한 물은 쉬지 않고
이들을 또 다른 새로운 물로 인도하였다.
"이렇게 아름다운 곳이 있었어!"
진실을 알게 된 쪼그만 새들은 큰새들의 사회로 돌아갈
생각이 추호도 없었다.

시간은 여전히 흐르고 있었다.

진이

조 씨

조 씨는 오늘도 자신의 인생을 한탄하고 있다.

"아고, 내 팔자야! 내 전생에 무슨 죽을죄를 지었길래! 세상을 보지 못할 거면 뭐 하러 태어나가지고!"

마을에서는 대부분 조 씨를 측은해하였다. 하지만, 조 씨가 전생에 커다란 업보를 지어 맹인이 되었다고 입을 모으는 자들도 많았다.

"홀아비에, 눈은 보이지 않고... 쯧쯧."

"진이가 아니었으면 여태 제대로 살지도 못했을 거구만."

"그나마 조정에서 봉사직을 얻어 일을 하고 있으니 다행이야."

"그러게, 먹고 살기에는 충분하지."

"아, 그러니, 복을 받는 것인지 벌을 받는 것인지 모르겠다니까?"

"그랴, 멀쩡한 사람들도 관직에 오르지 못해 고생하는데."

언젠가 부터, 조정에서 임명하는 종 8 품의 봉사직은 국가 비밀을 다룬다는 점에서 정보의 누출이 불가능한 맹인들 차지가 되어 있었다.

"그래도 어쩌, 진이도 금방 자라서 출가 할 것인데."

"나중에 늙으면 진이가 시중을 들 수 없을 거 아녀."

"그때야 뭐 또 수가 생기겠지."

"그랴, 세상이 무너져도 살아날 구멍이 있다고 하잖아."

"맞아, 하늘은 다 살게 하더라고. 저 봐, 앞이 안 보여도 관직 얻어서 잘 살잖아. 누가 그런 관직이 생길 줄 꿈에나 꾸었겠어?"

"때를 잘 타고 태어난 것이구만!"

"그러니, 복인지 벌인지, 난 아직도 모르갔어."

"아, 조 씨가 매일 사찰에 가서 공양하잖아. 천제님이 가엾이 여긴다면 뭔 수를 줄 것이구만."

아니나다를까, 조 씨는 오늘도 사찰에 가서 공양을 하며 소원을 빌고 있었다.

"제발 눈을 떠서 죽기 전에 이 세상을 한 번 만이라도 볼 수 있게 해주세요. 간절히 바라옵니다."

그렇게 한참을 기원하고 나서, 조 씨는 여느 때와 같이 무거운 발걸음을 재촉하여 집으로 향했다.

스님

조 씨가 아무런 문제없이 매일 다니던 길이었지만 오늘은 뭔가가 앞에 막혀 있었다.

"누가 큰 돌을 떨어뜨렸나?"

조 씨는 일꾼들이 커다란 바위를 나른다며 조심하라던 진이의 말이 생각났다.

"요새 성곽을 짓고 있어서 조심하셔야 해요, 아버지!"

조 씨는 바위를 돌아간다고 생각하여 발길을 돌렸다. 하지만, 발을 헛디뎌 개천에 빠져 버렸다. 개천의 물은 비가 온지 얼마 지나지 않아서 깊이도 깊었고 물세도 셌다. 조 씨는 지푸라기라도 잡을 기세로 들고 있던 지팡이를 꼭 잡고서 허우적거렸다.
"사람살...려!"
"사람... 살...려!"
"사...람... 살... 려!"
물 밖으로 고개를 내놓기가 무섭게 밑에서 무엇인가가 발을 잡아당기는 듯이 조 씨는 계속해서 물속으로 빠져 들어갔다 나왔다를 반복하고 있었다.

그때, 먼 곳 외지에서 스님 한 분이 사찰을 방문하러 오다가 조 씨의 애타는 울부짖음을 들었다.
"아니 이 늦은 시간에 무슨 일이야?"
스님은 재빨리 소리가 나는 쪽으로 달려갔다. 해가 진후라 앞을 구분하기가 힘든 시간이었다.
"계속해서 소리 질러 봐요. 어두워서 어디에 있는 지 통 모르겠소."
"여기... 어푸... 여기... 사람... 어푸, 살... 어푸..."
그때, 멀리서 마치 용수철이 위 아래로 상하 운동을 하는 것 같은 모습이 보였다. 스님은 옆에 있던 길다란 나무가지를 조 씨에게 던져주었다.

"나무를 잡으시요."

"어디... 어...디?"

"아, 바로 앞에 있어요."

조 씨는 사방으로 손을 뻗어 나무가지를 찾았다. 드디어
손에 뭔가가 잡히자 조 씨는 힘차게 가지를 잡아끌었다.

"아, 살살 잡고만 있어요. 내가 빠지겠소."

"사람...어푸..."

조 씨는 여전히 소리를 질러댔다.

"아, 당기지 말고 붙들고만 있어요. 내가 당길테니"

"사람... 살..."

조 씨는 근근이 고개를 물 밖으로 내밀어 숨을 쉴 수 있
었다. 하지만, 이제는 소리를 지를 기운이 없었다.

"아, 다 왔어요. 이제 일어나서 걸어 보시요. 발이 땅에
닿을 게요."

스님은 기진맥진하여 땅바닥에 주저앉아 버렸다.

"관세음..."

"아구, 아구. 나 살았네. 내가 살았어."

조 씨는 여전히 우왕좌왕 정신이 없는 듯 허공에 대고 감
사하다면서 사방팔방으로 고개를 연거푸 수그렸다.

"허허, 거 믿음이 돈독하구만. 아니, 그렇게 성실히 하늘
에 감사를 하면서 왜 물에 빠져서 난리요? 뭔가 잘못 한
것이 있는 게지?"

"예? 난 잘못 한 거 하나도 없어요."

"잘못 한 것이 하나도 없긴. 모든 것은 원인과 결과가 있
는 법. 당장은 모르더라도 곰곰이 생각해보면 뭔가를 잘

못했는지 알 것이요. 잘못을 인정하고 참선하지 않으면
업장 소멸을 할 수가 없어요."

"아이고, 아이고, 스님이시군요. 하늘이 나를 도운 게로다.
아이고 아이고 감사합니다. 하늘이 스님을 보내 주셨어!
내가 그렇게 공양을 하니 하늘이 나를 예쁘게 봐주신 게
야. 아이고 감사합니다.

조 씨는 마치 무슨 경축할 일이라도 생긴 듯 물이 줄줄
흐르는 옷을 입고서 덩실덩실 춤을 추었다.

"허허, 거 사람. 술 마셨소?"

"아이고, 너무나 기뻐서 그럽니다. 내 기도를 하늘이 들어
준다는 생각이 드니 어찌나 기쁜지. 안 그러면 제가 여기
서 스님을 만났을 리가 없잖아요. 안 그래요?"

그때, 조 씨는 무슨 생각이 났다는 듯이 스님에게 말을
건넨다.

"저 스님의 목소리가 생소한데, 이 마을에는 처음이십니
 까?"

평생을 공양하던 사찰에 계신 스님들의 목소리를 조 씨는
모두 알고 있었다.

"사찰에 방문 왔소이다."

"아이고, 귀한 손님이 오셨구나. 감사합니다. 감사합니다."

"허허, 하늘이 도왔으니 내가 아니라 하늘에 감사를 드려
야지. 오늘만 하지 말고, 앞으로도 계속 성실하게 감사를
드리시요."

"아이고, 그럼요. 아무럼요."

스님은 어느 정도 쉬었다고 생각이 들자 일어나서 사찰로
발걸음을 돌릴려고 하였다.

"그럼, 날도 어두웠는데 서둘러 집으로 가보시요. 물에 빠
진 생쥐 같구려. 허허허!"

"예, 예, 감사합니다. 친히 발걸음 굽어 살펴 가소서. 그
런데 스님, 가시기 전에 혹시 마을로 가는 방향이 어디인
줄 아시나요?"

"아니, 그 쪽 아니요? 눈앞에 보고도 모르시요?"

"스님, 죄송합니다만, 제 손으로 방향을 잡아 주실 수 있
으시련 지요? 개천에 한 번 들어갔다 나왔더니 방향이 엉
망이 되어 버렸습니다."

그 순간, 스님은 조 씨가 맹인이라는 사실을 알게 되었다.

"허허, 이게 웬일이더냐!"

"여기 큰 바위가 놓여있지 않나요?"

스님은 주위를 둘러보았다. 마을 가는 길 한가운데 큰 바
위가 놓여 있는 것이 보였다.

"예전에는 바위가 여기에 없었는데."

스님은 조 씨의 손을 잡고 바위를 지나 마을로 가는 길로
인도했다. 조 씨는 스님의 팔을 잡고 옛 친구라도 만났다
는 듯이 이야기를 줄줄이 늘어놓고 있었다.

"안 그래도, 사찰에서 눈을 뜨게 해 달라는 소원을 빌고
오던 길이었습니다. 사찰에 가시면 저를 모두 알고 있을
겁니다. 저는 매일 아침저녁으로 사찰에 가서 공양을 하
거든요. 이 마을에서 이 조 봉사를 모르는 사람은 없을

겁니다. 하하하! 평생을 그래 왔어요. 언젠가는 천제님이 제 소원을 들어주시겠죠?"

조 씨는 자신의 손을 잡고 인도하는 스님에게 말을 하느라 정신이 없었다.

"소원이 무엇이길래?"

"아, 당연히 눈을 뜨는 거십죠!"

"거, 심성이 고우면 공양미 삼백 석이면 눈을 뜰 수 있을 텐데."

"예? 그게 무슨 말씀이세요?"

"아니, 여태 아무도 말을 해주지 않던 가요?"

"예, 처음 듣는 얘기예요. 그것이 사실입니까?"

"노승이 거짓말 할 이유가 뭐가 있겠소. 육안이 그렇게 필요하다고 생각하는 자들은 공양미 삼백 석을 공양하고 성실하게 빌면은 육안을 되돌려 받을 수 있을 게요."

"아이고, 아이고, 감사합니다. 감사합니다. 공양미 삼백 석을 당장 구해서 공양하겠습니다."

조 씨는 자신이 경제적으로 여유롭지 못하다는 생각도 잊어버리고 있었다.

"그것이 하늘의 뜻이라면 그렇게 하시요. 그럼, 이제, 집은 찾아 갈 수 있겠소?"

"아, 그럼요. 매일 평생을 걷던 길인데요."

"그럼, 몸 조심해서 돌아가시요. 앞에는 아무런 걸림 돌이 없으니 무사할 것이요."

"아이고, 감사합니다. 그럼, 공양미 삼백 석을 가지고 조만간 찾아뵙겠습니다."

"나무 관세음..."

제물

스님과 헤어진 조 씨는 집에 돌아와서 옷을 갈아입고 잠자리에 들었다. 하지만, 너무나 긴장을 하여 잠을 잘 수가 없었다.

'아이고, 아이고, 이 방정맞은 입이 또 일을 저질렀어. 평생을 일해도 못 구할 양인데.'

"아버지, 무슨 일이예요?"

이리 뒤척 저리 뒤척 하는 아버지의 인기척을 느끼고 딸 진이가 잠에서 깼다.

"아이고 이를 어쩌니. 내가 또 일을 저질렀구나. 약속을 지키지 않으면 천벌을 받을 게야."

당시는 스님과의 약속이나, 공양하겠다는 맹세를 목숨보다 더 중요시하던 시대였다.

"무슨 약속이요?"

"내가 무슨 재주로 삼백 석의 쌀을 만들어 낼 것이야?"

조 씨는 답답한 마음에 모든 것을 딸에게 털어놓았다.

"정말요? 삼백 석만 있으면 아버지 눈을 뜰 수가 있는 거예요?"

"그렇다는 구나."

조 씨는 절망 상태였다. 하지만, 진이는 희망에 부풀어 흥분하고 있었다.

'어떻게 그렇게 쉬운 방법을 여태 몰랐을까? 내가 불효녀였어.'

진이는 오히려 자신의 무능함을 탓하고 있었다.

"아버지 걱정 마세요. 제가 구해 볼께요."

"아니, 너가 무슨 수로?"

"제가 일하는 집에서 꾸어 올 수도 있고, 제가 일을 해주고 모을 수도 있고. 어쨌거나 걱정 마세요."

"정말 걱정 안 해도 되겠느냐?"

"그럼요. 아버지 눈을 뜨게 한다는 데 못할 것이 뭐 있겠어요?"

"아이고, 내 딸, 내가 복을 받은 게야. 이제 눈으로 볼 수 있게 됐어. 하하하!"

조 씨는 벌써 눈을 뜬 것처럼 자다 말고 일어나서 제자리에서 덩실덩실 춤을 췄다. 진이는 아버지가 기뻐하는 모습에 행복하기만 했다.

공고

"바다에 귀신들이 많아서 항해하기가 불안해."

"걱정 마, 용왕님께 여자 아이 제물을 바치면 안전해!"

"그거 다 미신이야."

"설사 미신이라고 해도, 이번 물건은 귀중한거니 안전을 기해서 나쁠 것 없잖아?"

"그래, 안심을 하면 안 돼. 이번 일을 망치면 우리는 죽은 목숨이나 마찬가지야!"

"나중에 후회하느니 사전에 예방을 하는 것이 좋잖아."

"후회할 시간도 없이 죽음을 당할 거야!"

"맞아! 마을에서 여자 아이를 구해보자. 그게 안전해!"

선원들은 마을의 게시판에 여자아이를 구한다는 공고를
써 붙였다. 그 댓가로는 원하는 것은 무엇이든 준다는 공
고였다.

진이는 그 동안 공양미를 구하기 위해서 여기저기 수소문
을 하고 다녔지만, 아무런 결실을 맺지 못하고 있었다. 그
러던 차에, 선원들이 원하는 것을 준다는 소문을 전해 듣
고, 선원들을 찾아갔다.

"뭐, 삼백 석의 쌀?"

"예. 저의 아버지에게 주시면 돼요."

"아니, 노인네 한 명이 먹겠다고 그 많은 쌀을?"

"아니예요. 공양을 하실 거예요."

"무슨 죄를 지었길래 그렇게 많은 쌀을 한 번에 바쳐야
한데?"

"아버님이 눈을 뜨게 된다고 약속하셨어요."

선원들은 진이의 말을 듣고 가슴이 저려왔다.

'저렇게 순진하고 착한데... 하늘도 무심하지.'

선원들은 진이에게 공양미 삼백 석을 약속하였다.

그리고 선원들이 출항할 날이 하루 앞으로 다가왔다.

"아버지, 제가 이번에 가면 오래도록 아버지를 못 뵐 것
같아요. 그래도, 아버지가 눈을 뜨게 되실 것이니 그리 걱

정하지 마시고, 새로운 세상에서 보고 싶은 거 다 보면서
만수무강하세요."

"아니, 그게 무슨 말이냐?"

"이번에는 아버지가 확실하게 눈을 뜨게 되실 거예요."

"공양미를 구한 게야?"

"예!"

"아이구, 아이구, 우리 진이. 용케도 구했구나. 아이구, 우
리 진이. 감사합니다."

"아버지, 마당에 공양미 삼백 석을 가져다 놓을 테니, 내
일 아침에 사찰에 갔을 때 스님께 말씀하세요. 사찰에서
일꾼들이 와서 가져갈거예요."

"그래, 그러자꾸나. 너무나 기분이 좋아서 내가 오늘 밤
잠을 잘 수 있을지 모르겠다."

그날 밤, 조 씨는 세상 모르고 곯아 떨어졌다. 세상에 걱
정할 것이 하나도 없다는 생각이 들자, 태어나서 가장 편
안한 기분으로 잠을 잘 수 있었던 것이다.

새벽이 되자, 진이는 아버지를 깨우지 않으려고 조심하면
서, 주무시고 계신 아버지께 큰 절을 올리고는 방을 뛰쳐
나왔다. 밖에는 선원들이 공양미 삼백 석을 마당에 놓고
서 기다리고 있었다. 집 문을 나서는 진이의 눈에서는 하
염없는 눈물이 흐르고 있었다. 억울하기도 하고, 기쁘기도
하고, 슬프기도 하고, 행복하기도 하고, 두렵기도 하고,
뿌듯하기도 하고, 불안하기도 하고, 흡족하기도 한 여러
가지 감정이 북받혀 오르고 있었다.

'이런 느낌은 처음이야.'

폐인

진이는 인당수에 몸을 던져 제물로 바쳐졌고, 항해는 아무런 문제없이 순항을 하였으며, 조 씨는 난생 처음 눈을 뜨고 세상을 보게 되었다. 조 씨는 딸이 안 보이자 수소문을 하였고, 결국 딸의 희생에 대해 전해 듣게 된다.

"아이고, 이게 무슨 해괴망측한 일이더냐? 딸을 잃고 세상을 본들 무슨 소용이란 말인가? 아이고 불쌍한 내 딸! 세상 사람들이 날 보고 딸을 잡아먹은 냉혹한 아비라고 욕을 할 거구만. 아이구 이를 어째."

조 씨는 가슴이 찢어져옴을 느꼈다.

"아이고, 아이고 내 팔자야. 전생에 무슨 죄를 지었길래 살아서 이렇게 가슴이 찢어질 듯한 고통을 경험한다는 말이냐!"

이후, 조 씨는 매일, 그렇게 가슴을 쥐어짜며 살았고, 어느 새 거의 폐인이 되다시피 했다.

그러던 어느 날, 조 씨가 술에 취해서 길거리에 쓰러져 있는 것을 이웃집 배덩 아줌마가 발견하고 집에 데려다가 간호를 하였다. 그리고 며칠이 지나자, 조 씨의 의식이 돌아왔다. 조 씨는 눈을 뜨자마자 진이를 찾았다.

"진이 어딨어? 조금 전까지도 여기 있었는데?"

배덩 아줌마는 조 씨가 헛것을 보았다고 생각했다.

"진이가 돌아오겠다고 나한테 약속을 했어. 궁궐에서 만나겠다고 나한테 말했다고요."

조 씨는 진이가 바로 옆에 있었다고 확신했다.

"내가 궁궐로 가봐야 해."

배덕 아줌마는 조 씨가 측은해 보였다.

"조 씨, 마음 아픈 것은 아는데, 이렇게 허송세월하면서 진이의 희생을 헛되이 해서는 안 되잖아요?"

그 순간, 조 씨는 마치 번갯불에 맞은 듯 깨달음을 가지게 되었다.

"그래, 맞아! 내가 왜 이러고 있지? 궁궐로 갈려면 건강하게 걸어 다녀야지! 그래야 진이가 와도 반갑게 만날 수 있지. 안 그래? 궁궐에서 만날 테니 얼마나 좋아? 우리 진이가 왕비가 되려나 봐! 하하하!"

조금 전까지만 해도 폐인 같던 조 씨가 벌떡 일어나더니 방을 뛰쳐나갔다.

"이제 우리 진이를 곧 만날 거야. 내가 궁궐로 간다고! 나는 왕비의 아버지야! 하하하!"

배덕 아줌마는 조 씨의 휘청거리며 걸어가는 뒷모습을 보고 안타까워했다.

'결국 실성을 했구만. 진이만 불쌍하게 됐어. 이를 어째.'

성공

이후, 맹인이 아닌 조 씨는 더 이상 봉사직에서 일할 수가 없게 되었다. 하지만, 성실하고 손재주가 좋았던 조 씨는 결국 상의원 별좌직에까지 오르게 되었다. 상의원 별좌직에는 하나의 마을을 다스릴 수 있는 권한이 주어져 있었다. 그리하여, 조 씨는 마을의 장으로 풍요로운 생활을 영위해 나갔다.

하지만, 눈을 뜨고 세상을 보니 세상의 아름다움보다 폐단이 더 많이 눈에 들어왔다. 조 씨는 부조리한 폐단이 영 마음에 들지 않았다.
'아니, 저런, 저토록 억울한 일이 있을 수가 있나! 한 곳이 썩기 시작하면 금세 다 썩어들어갈텐데. 더 커지기 전에 부정부패의 뿌리를 뽑아야 해!'
이후, 조 씨의 강직한 성품은 온 세상에 소문이 났다.

시간이 지나고, 조 씨의 권력이 점점 더 강력해지자, 조 씨의 주위에 흑심을 품은 많은 사람들이 모여들기 시작했다. 그리고 얼마 지나지 않아, 순박했던 조 씨는 간신들의 농간에 놀아나는 폭군으로 변해버렸다. 죄 없는 하급 관리들을 탐관오리라고 간주하여 조금의 아량도 없이 제거해 나갔고, 순박하기만 한 주민들에게 탐관오리한테 아부한 죄를 물어 엄중한 벌을 내렸다. 조 씨의 타협을 모르던 강직함이 용서를 모르는 잔인함으로 변해 버리고 있었던 것이다.

그렇게 시간이 지나면서, 아무도 자신에게 대들지 못하고 자신이 하는 대로 모든 것이 수월하게 진행되자, 조 씨는 자신도 모르게 독재자가 되어버렸다. 게다가, 간신들은 조 씨의 주위에서 더욱 더 조 씨의 폭정을 부추기고 있었다.

"나리의 말씀은 모두 옳으신 말씀이십니다."

"아, 그럼요, 나리가 하시는 일은 모두 우리 같은 소인배들을 위한 것이죠!"

"나리는 부정부패를 근절하는 유일한 관리십니다."

그리하여, 조 씨는 자신이 여전히 마을의 주민들을 위해서 곧은 정치를 해나간다고 생각했다. 조 씨는 눈을 뜨고도 오히려 맹인처럼 살았던 것이다.

그러던 어느 날, 딸을 그리워하며 지난 과거를 회상하고 있을 때, 자신에게 친절하지 않았던 자들이 생각났다.

"나보고 전생의 죄업이 얼마나 많으면 맹인이냐고 놀리던 것들을 가만히 놔둘 수가 없어."

"내가 지은 죄업을 속죄하라고 얼마나 나를 수치스럽게 만들었는지 참을 수가 없었어."

"지네들이 나보다 잘났다는 듯이 나한테 막말을 했었어."

"업장 소멸하라고 귀에 딱가리가 앉도록 외쳐댔어. 남 마음 아픈 것도 헤아리지 않고."

"진이가 불쌍하다면서 나를 못된 아비 취급을 했어."

독재자가 된 조 씨의 마음에는 자신의 불행했던 과거가 마치 마을 사람들 때문이었다는 듯, 원망의 울분이 거침없이 넘쳐흐르고 있었다. 조 씨는 심지어 자신의 생명을 구해줬던 스님과 배덕 아줌마마저 의심을 하고 가혹하게 대했다.

그렇게 시간은 흘렀고 이제는 간신들을 제외한 모두가 조 씨를 피하고 있었다. 부정부패를 무찌르던 조 씨가 부정부패 그 자체가 되어 버려 있었기 때문이다.

용왕

진이가 죽은 자들이라면 누구나 받는 심판의 대열에서 대기하고 있다.

"너도 죽음이 억울한 것이냐? 다시 돌아가고 싶은 게야?"

자신의 차례가 되자 진이가 고개를 조아리며 말한다.

"아, 다시 아버님을 만날 수 있다면 그 은혜를 어떻게 갚을 수 있으리요. 하지만, 다시 땅으로 돌아가 저의 아버지처럼 앞을 보지 못하는 불쌍한 사람들을 보면 마음이 아플 것 같사옵니다. 소녀, 아버님의 눈을 뜨게 하기 위해서 버린 목숨 구차하게 매달리지 않겠습니다."

진이의 희생정신에 감명을 받은 선녀들이 진이를 두고 회의를 열었다.

"다른 사자死者들은 자신들의 죽음이 억울하다고 하소연을 하고 있는데, 진이는 환생을 원하지 않아."

"환생을 원하지 않는 게 아니야. 지 아버지를 저렇게 그리워하는데?"

"맞아. 단지 소경들이 있는 곳으로는 다시 가기 싫다고 하는 거야."

"그럼, 소원대로 그냥 여기서 우리와 마음 편히 잘 살게 하는 게 낫지 않아?"

"소경들이 싫어서가 아니라 마음이 아파서라고 하니까 소경들이 눈을 뜨도록 해주면 안 될까?"

"그래요. 저렇게 착한 인간은 인간 사회에서 타의 모범이 되도록 살게 해야 해요!"

그리하여, 선녀들은 용왕에게 개안주開眼酒를 가져다 바쳤다. 개안주는 소경의 눈을 뜨게 하는 약주였다.

한편, 용왕은 세상을 보는 거울을 통해서 진이의 아버지가 눈을 뜨고서도 맹인이 되어 권력을 휘두르고 있다는 사실을 알고 있었다.

'쯧쯧, 강에 빠져 죽을 목숨을 맹인이라고 봐 줬더니 눈을 뜨고도 맹인이 되어있구나. 게다가, 지 딸의 희생으로 눈을 뜨게 되었는데도 밝은 세상을 보지 못하고 있어! 흠... 내 마지막으로 지 딸을 만나 자신의 죄업을 깨달을 기회를 줄 것이야. 하지만, 스스로 그 기회를 놓치면 그 다음에는 수가 없어.'

용왕은 조 씨의 폭정을 우려하여 선녀들의 제안을 받아들였다.

"착한 마음을 가지고 있으니 인간 세상에서 살면서 타의 모범이 되게 하여라! 인간들이 배울 점이 많을 거야! 하지만, 이번은 특별한 경우야. 너희들의 제안을 들어주는 것은 이번 한 번 뿐이라고!"

선녀들은 이해한다는 듯이 고개를 끄떡였다. 그리고 용왕이 진이에게 말한다.

"너가 여기 온 목적은 이루었도다! 돌아가서 마음의 눈을 감고 있는 자들이 눈을 뜨는 세상을 만들도록 노력하라!"

선녀들은 진이에게 용궁의 아름다운 옷을 입혔다.

"윗물이 맑아야 아랫물도 맑은 법, 진이가 왕비가 되도록 해야지."

"용궁의 옷을 입은 진이를 왕비로 맞지 않을 왕은 없을 거야."

선녀들은 진이를 연잎에 싸서 자라에 태워 물 밖으로 다시 내보냈다.

그때, 마침, 배를 타고 지나가던 선원들이 거대한 연잎을 보고서 배로 건져 올렸다. 자라는 임무를 완수하고서 용궁으로 다시 돌아갔다.

"이건 분명히 용왕님이 베푸신 매우 귀중한 것일 게야. 왕에게 올려서 공덕을 세우자."

선원들은 큰 공으로 받게 될 상을 염두에 두며 기쁨을 감추지 못했다.

왕비

연잎을 보게 된 왕은 즉각적으로 커다란 호기심을 가지게 되었다.

"어서 열어 보거라."

연잎은 딱딱해서 손으로는 열 수가 없었다. 그리하여, 대장장이를 불러서 도끼로 연잎을 열려고 하였다. 그때, 연잎이 자동으로 열리면서 속에서 눈이 부신 빛이 퍼져나왔다. 모두가 눈을 뜰 수가 없었다. 한참을 감고 있다가 눈을 뜨자, 빛이 가시고 눈앞에는 아리따운 여자가 나타났다. 진이였다.

"와! 성인이다!"

모두들 무릎을 꿇고 엎드렸다. 이후, 왕은 조금의 주저도 없이 진이를 여왕으로 받아들였다.

진이가 왕비가 되어서 가장 먼저 한 일은 용궁에서 가져온 개안주를 널리 보급하는 것이었다. 그리하여, 얼마 지나지 않아, 진이의 나라에는 맹인들이 한 명도 없게 되었다. 모두가 세상을 볼 수 있게 된 것이다. 이후, 신기하게도 나라 안에 경사가 끊이는 날이 없었다.

"이 모든 것이 다 성인을 왕비로 모시고 있어서 그래."

백성들은 모두 새로운 왕비를 찬양하였고, 왕은 흡족해하였다.

하지만, 시간이 지나면서, 모든 것이 너무나 만족스러웠던 왕은 게을러지기 시작했고 결국 정치를 등한시 하게 되었다.

"용왕도 만족하고 아름다운 왕비를 선사한 마당에 문제될 것이 뭐 있어? 내가 위대한 왕이라는 증거잖아! 하하하!"

왕이 태만해지자 병사들도 게을러지기 시작하여 방심을 하게 되었고, 나라 안의 모두가 겸손하게 진실을 보는 마음의 눈을 닫아 버리게 되었다. 왕의 자만심이 결국 모든 사람들에게 전이되어 버린 것이다.

유혹

한편, 조 씨 주위에서는 왕권을 쟁취하자는 간신들이 조 씨를 부추기고 있었다.

"지금 왕이 태만해서 정치를 제대로 하지 않는다고 하니 이보다 더 좋은 기회는 없습니다."

"그렇습니다. 이 판에 왕이 되서 나라의 모든 부정부패를 왕창 몰아냅시다. 지금 왕은 부정부패를 청산 할 능력이 없어요."

하지만, 조 씨는 마음이 내키지 않았다.

"군신에게는 충성이 가장 귀중한 법이야!"

그러자 간신들은 꾀를 부렸다.

"새로운 왕비가 온 이후로, 맹인들이 모두 눈을 뜬 거 아시죠?"

"예, 그거 경사 아닙니까?"

"아니 경사라니요? 생각해 보세요. 상의원께서는 눈을 뜨기 위해서 공양미 삼백 석을 바치고 딸까지 희생을 했는데, 다른 맹인들은 가만히 있다가 하루아침에 눈을 떴다니 얼마나 불공평합니까?"

"공양미 삼백 석이면 평생을 먹고도 남을 텐데."

"불공평한 게 그것만인가? 삼백 석을 바치기 전에도 평생을 매일 하루도 빠지지 않고 사찰에 가서 공양하지 않았습니까?"

"억울하지 않아요? 조금만 기다렸으면 어떤 희생도 할 필요 없이 눈이 뜨였을 텐데."

조용히 듣기만 하던 조 씨가 드디어 입을 연다.

"아니야. 진이의 착한 마음으로 인해서 나 뿐만 아니라 세상의 모든 맹인들이 복을 받은 게야."

그 말을 들은 간신들은 서로 눈치를 본다. 그리고는 또 다시 조 씨를 부추긴다.

"삼백 석 공양하라던 스님은 가짜가 분명해요. 진짜 스님이라면 오늘처럼 모든 맹인들이 눈을 뜰 거라는 미래를 점칠 수 있었을 거라고요."

"모두가 눈을 뜰 것을 알고서 삼백 석을 먹어 치운 겁니다. 어차피 눈을 뜨게 될 테니까."

"안 그래도, 귀신들이 스님으로 신분을 가장하고 스님 행세를 한다고 하더라고요."

"귀신이 인간을 바보라고 여기고 가지고 논 거라고요."

"왕비가 마녀인 게 분명합니다. 마녀가 진이를 잡아먹고 왕비로 환생을 한 거예요."

"맞아요. 진이가 하도 고우니까 마녀가 탐한 겁니다."

마녀가 맹인들의 눈을 뜨게 하고 나라에 풍요를 가져올
정도로 좋은 일을 할 리가 없다고 생각하는 자들도 많았
지만, 그들
은 간신들의 기세에 눌려서 입도 뻥끗하지 못하고 있었
다.

조 씨가 곰곰이 생각하고 있다.
'내가 귀신에 홀렸던 것인가? 죄 없는 진이만 희생한 것
이야? 결국 내가 왕권을 찬탈해야 하는 것이야? 그래서
공짜로 삼백 석을 삼켜먹은 스님 같은 자들을 없애야 하
는 거야? 나만이 세상의 모든 부정부패를 없앨 수 있을
까?'
조 씨는 혼돈스러웠다.
'하긴, 우리 딸을 죽여 놓고 지네들 눈떠 부정부패하면서
잘 살면 우리 딸 억울해서 내가 못 참아. 진이가 궁궐에
서 만나자고 한 말이 이 말이었나? 내가 궁궐로 가지 않
는 한 궁궐에서 만날 수가 없잖아. 진이가 나한테 군사를
들고 일어나라고 간접적으로 말하고 있었던 게야.'
그리고, 얼마 지나지 않아, 조 씨는 분한 마음에 용기를
내어 군사를 들고 일어났다.
"나를 바보라고 욕하는 자들에게 본때를 보여줘야지!"

반란

왕은 권세도 없는 한낱 지방 관료가 반란을 일으켰다는
소식을 전해 듣고 대수롭지 않다는 듯 웃어 넘겼다.
"지깐것들이 감히..."
그리고, 장군들 중 가장 전력이 약한 장군에게 조 씨의
반란을 진압할 것을 명령하였다. 하지만, 장군의 군대는
출정을 하자마자 조 씨의 군대에게 패배를 당하였다.

"하하하, 내가 너무나 얕본 게로군."
왕은 그 다음으로 전력이 약한 장군에게 조 씨의 반란을
제압하라고 또 다시 출전시켰다. 하지만, 이번에도 조 씨
의 군대는 장군의 군대를 간단하게 제압하였다.
"이게 뭐야? 소위 장군이라는 것들이 지방 관리도 하나
못 잡아?"

왕은 점점 더 화가 나기 시작했다. 그리고, 다음으로 약한
장군에게 조 씨를 잡아오라고 명령하였다. 지방 관리 하
나 잡기 위해서 과다한 군사력을 소모했다는 얘기를 듣고
싶지 않았기 때문이다.
'내 체면이 있지...'
하지만, 이번에도 장군은 그대로 무너져 버렸다.
"폐하, 이렇게 낙관적으로 대항하시다가는 큰 코 다칠 것
이옵니다."
"아니, 짐이 그 딴 지방 관리 하나 못 잡을 것 같아?"
그리고, 왕은 오기가 나서 그 다음으로 약한 장군을 또
다시 조 씨에게 보냈고, 조 씨는 연거푸 승리를 거두었다.

"그래봤자, 지깐것들이 지방에서나 큰소리치지."
그래도 왕은 여전히 조 씨의 반란을 얕보고 있었다.

그러던 어느 날 밤, 조 씨가 몰래 군사를 일으켜 왕궁까지 밀치고 들어왔다. 방심하고 있던 왕은 도망갈 여유도 없이 붙잡혔고, 간신들은 조 씨에게 알리지도 않고 왕족이란 왕족은 모두 그 자리에서 죽여 버렸다.
'그래야지, 우리가 안전해.'
조 씨의 부하들은 부정부패를 타도한다는 명분아래 부정부패를 저지르고 있었던 것이다.

왕

왕족이 모두 몰래 피신을 갔다고 전해 들은 조 씨는 아무것도 모르고 기고만장해져서 스스로 왕위에 올랐다.
"새 나라 만세!"
"새 왕조 만세!"
조 씨는 간신들의 환호하는 소리를 들으며 다짐한다.
"앞으로는 부정부패 없는 사회를 이룰 것이야!"
하지만, 백성들은 새 왕조를 환영하고 있지 않았다.

조 씨는 왕이 되자마자 인당수에 산 사람을 바치는 풍습과 스님들에게 공양미를 받치는 풍습을 없애 버렸다. 하지만, 조 씨는 다른 정치에는 관심도 없이, 진이를 만날 날만을 손꼽으며 살았다. 당연히, 간신들이 휘두르는 권력

116

에 의해 조정은 난장판이 되었고, 결과적으로 백성들의 삶도 고달파지고 있었다. 하지만, 조 씨는 끝내 마음의 눈을 뜨지 못했고, 어느 날 갑자기 외로운 최후를 맞이하였다.

왕이 갑작스럽게 세상을 떠나자, 간신들에 의해서 암살당했다는 소문이 온 세상에 자자하게 퍼져 나갔다. 하지만, 부정부패를 저지른 폭군으로 알려졌던 조 씨의 죽음을 안타까워하는 이는 아무도 없었다.

대왕

한오

열두 명의 소년들과 이들을 이끄는 선생님이 탄 비행기가 세계 소년 대회에 참석하러 가던 중, 바다 한가운데의 무인도에 추락하게 되었다. 선생님은 머리에 상처를 입고 혼수상태였다. 아이들은 나름대로 알고 있던 소년단 시절 지식을 총 동원해서 무인도에서 살아남기 위해 노력했다.
"우선, 남아있는 음식과 통조림을 똑같이 나누어 먹도록 하자."
배가 고파오자 한오가 모두에게 제안했다. 그리고 아무도 불평 없이 한오의 지시를 따랐다. 한오는. 평상시에도 무리의 반장으로 선생님의 총애를 얻고 있던 모범적인 소년이었기 때문이다.

그러던 어느 날 밤, 기요라는 소년이 배가 고픈 것을 참지 못하고 남아있는 모든 음식을 혼자 다 먹어 버렸다. 이를 알게 된 소년들은 기요를 비난하고 원망하고 질책하였으며, 기요는 무리에서 쫓겨나 혼자 지내게 되었다.
"살려주는 것만도 고마운 줄 알아!"

안 그래도 기요의 반항적이고 다소 포악한 성품이 집단생활에 지장을 주고 있던 터라 소년들은 조금의 망설임도 없었다.

기요

이후, 한오와 소년들은 학교에서 배운 대로 풀, 과일, 해초만을 먹고 지냈다. 그러던 어느 날, 고기를 굽는 냄새가 사방에 진동을 했다. 소년들은 호기심에 냄새를 따라갔고, 기요가 토끼를 잡아 굽고 있는 장면을 목격했다. 혼자 살게 된 기요는 살생을 하지 말라던 평상시 가르침을 어기고 사냥을 하기 시작한 것이다.

기요는 소년들이 온 것을 눈치 채고 토끼 고기를 더 맛있게 먹는 시늉을 하였다.
"너, 살생하지 말라고 했잖아."
"그럼 내가 죽게 생겼는데 어떻게 살란 말이야?"
"풀도 있고 과일도 있는데 왜 죽니?"
"그런 것은 맛이 없어. 이게 얼마나 맛있는 줄 알아?"
"사람은 맛으로 사는 것이 아니라고 했어."
"그래, 맛을 따지는 것은 허영심이야."
"게다가, 살생은 커다란 죄업이야!"
소년들은 기요를 나무랐다. 하지만, 기요는 조금도 기가 죽지 않았다.
"너희들 이거 한 번 먹어보면 그런 소리 못할 거다."

기요는 또 다시 고기를 한 입 뜯어 먹었다. 그 모습을 보던 소년 중 한 명이 조심스럽게 묻는다.

"어떤 맛인데?"

그러자, 다른 소년들도 동요를 한다. 이를 눈치 챈 기요가 소년들에게 토끼 고기를 뜯어서 나눠줬다. 소년들은 얼떨결에 고기를 받아들고 어쩔 줄 몰라 했다.

"이렇게 맛있는 걸..."

기요는 계속해서 소년들을 유혹하고 있었다.

'나 혼자 죄업을 지어서는 안 돼!'

기요의 혼자 망할 수는 없다는 나쁜 심보가 발동을 한 것이다. 그리고 소년들도 결국 고기를 들었던 손을 입으로 가져갔다.

'우리가 살생한 거 아니잖아.'

'동물이 죽은 것에 우리는 책임 없어.'

'맛만 보는 것은 괜찮을 거야.'

소년들은 속으로 자신들을 정당화 하고 있었다.

"맛있지?"

고기를 먹는 소년들을 보고 기요가 목적을 달성했다는 듯이 흡족해하며 묻는다.

"맛있기는 하다."

고기 맛을 본 소년들의 얼굴에 미소가 떠올랐다.

이후, 고기 맛을 본 소년들은 한오에게 혼날 것이 두려워 한오에게 아예 등을 돌려 버리고 기요에게 붙었다.

"이제, 너가 우두머리야! 고기 좀 더 줘."

"나도 너를 우두머리로 모실께. 고기 좀 줘."

이에 자신감을 찾은 기요가 모든 소년들 앞으로 나가서 연설을 하였다.

"나를 우두머리로 따르는 자들에게는 내가 잡은 고기를 나눠 주겠다."

그 말을 듣자 소년들은 웅성거리기 시작했고, 기요는 소년들을 안심시키려는 듯 소리를 질렀다.

"고기 먹어도 괜찮아! 얼마나 맛있는데!"

고기를 이미 먹은 소년들도 다른 소년들이 자신들처럼 죄업을 짓도록 종용하고 있었다.

"우리 봐! 고기를 먹었는데도 짐승의 모습으로 변하지 않았어!"

"그래, 그런 이야기는 다 바보 같은 어린애들을 위한 동화였어!"

"이 맛을 안 보면 평생 후회할 거다!"

"인간은 최상의 포식자라서 고기를 먹어야 해!"

나머지 소년들이 서로 눈치를 보면서 어쩔 줄을 모르고 있자, 기요가 구운 거북이 고기를 잘라서 소년들에게 나눠주기 시작했다.

"거북이 요리가 일류 식당에서 최고로 비싼 요리인 거 알아? 내가 너희들을 위해서 봉사한다! 나를 따르지 않아도 괜찮아. 그냥 너희들이 불쌍해서 주는 거야!"

소년들은 손에 쥐어진 고기를 가지고 잠시 멈칫하더니 그대로 입으로 가져갔다. 맛만 보는 것은 죄업이 아니라는 다른 소년들의 말에 용기를 얻은 것이다.

'정말로 고기가 맛있는지 알고 싶어.'

'호기심에서 먹는 것은 먹는 게 아니야.'

'먹기 싫은 데 기요가 강요한 거야.'

나머지 소년들도 속으로 자기 정당화를 하고 있었다.

이후, 고기 맛을 한 번 본 소년들은 모두 한오를 버리고 기요 편으로 돌아서기 시작했다. 결국, 끝까지 한오의 편에 남아서 평생을 배워 온 대로 살생을 금하고자 하는 소년은 담한 밖에 없었다.

"너희들 지금 죄업을 짓는 거야. 나중에 어떻게 감당할려고!"

담한은 소년들에게 소리쳤다. 하지만, 아무도 담한에게 고개조차 돌리지 않았다. 이제는 돌이 킬 수 없는 선을 넘었다고 생각을 했기 때문이다.

집착

기요는 모든 소년들이 자신에게 붙었음에도 불구하고, 단 한명, 담한이 자신의 수하에 들어오지 않은 것이 영 못마땅했다. 담한의 아버지는 모두가 우러르고 따르는 권세가였기 때문이다.

'담한이 한오와 같이 있는 한, 내가 이겼다는 생각을 못하겠어.'

사실, 담한의 아버지가 아니었어도, 기요는 담한의 해박함과 한오의 지도력에 주눅이 들어 있던 차였다.

'기분 나빠! 가장 똑똑한 두 명이 내 수하에 들어오기를 거부하고 있잖아...'

게다가, 기요는 선생님이 한오에게 맡긴 칼에 대한 미련을 버릴 수가 없었다.

"누구든 이 칼을 가진 자가 무리의 우두머리니까, 모두들 우두머리의 말에 충성을 해야 한다. 집단생활에서는 현명한 우두머리를 중심으로 뭉치는 것이 가장 중요한 일이야. 알았나?"

지도자를 의미하는 단 하나의 칼이 여전히 한오의 손에 있었던 것이다.

'담한을 굴복 시킨 후, 한오에게서 칼을 뺏아야 마음이 후련하겠어.'

선생님이 단 하나의 칼을 한오에게 맡겼다는 사실을 인정할 수가 없었던 기요는 담한과 한오를 굴복시켜야 한다는 집착을 하게 되었다.

이후, 기요는, 소년들을 마치 자신의 군사처럼 간주하면서 군사훈련을 시켰다. 소년들은 속옷만을 입고서 나무줄기로 창과 화살을 만들고, 표류된 배조각이나 나무 껍데기로 방패를 만들어 들고 다녔으며, 나무 마다 올라가서 보초를 보았다.

"그런데, 왜 보초를 보는 거지? 뭘 감시하는 거야? 짐승들은 가까이 오지도 않잖아!"

"내 생각에는 한오와 담한이 올까봐 그러는 것 같아."

"게네들이 오면?"

"그러면 기요한테 가서 알리는 거야!"

"왜?"

"나도 몰라."

"한오와 담한이 기요에게 복종하는 것을 거부하고 있어서 그래."

"한오나 담한이 올 것 같지 않은데?"

"여기 있으니까 심심해!"

소년들은 이유도 모르고 무작정 기요가 하라는 대로만 하고 있었다.

폭정

시간이 지나면서 기요의 독재적 폭정은 날로 심해졌다.

"나 이외에는 아무도 사냥을 할 수 없다. 이를 어기는 자는 유배를 가야 한다!"

소년들은 고기를 먹기는 했지만, 여전히 살생에 대한 거부감을 가지고 있었기에 기요만이 사냥을 할 수 있다는 새로운 법을 반대하지 않았고, 오히려 기요의 정책을 지지하였다. 하지만, 기요는 이를 이용하여 자신의 권력을 더욱 더 강화시켜 나갔다. 자신의 말을 잘 듣는 소년에게는 더 맛있는 고기 부위를 주고, 자신의 말을 듣지 않는 소년에게는 벌을 내리고 음식을 굶기기까지 했다. 하지만, 아무도 반항하는 소년은 없었다.

이에, 자신감을 얻은 기요는 더 나아가, 일한 댓가만큼 조개껍질을 지급하였고, 조개껍질이 있는 만큼 음식을 사서 먹을 수 있도록 하였다. 하지만, 실상은 기요에게 무조건적으로 아부하는 소년들이 조개껍질을 더 많이 갖게 되었다. 그리하여, 소년들은 기요의 마음에 들기 위해서 기요가 하라는 일은 무조건 따랐고, 기요의 명령에 복종하면서 열심히 조개껍질을 모았다.

"세 개만 더 모으면 맛있는 연한 부위를 먹을 수 있어."
"나는 한 개만 더 모으면 돼!"
어느 새, 기요의 눈에 드는 것이 소년들이 가지는 최대의 관심사가 되었고, 조개껍질 모으기가 소년들이 사는 목적이 되어 버린 것이다.

군사

어느 날, 담한이 나무에서 과일을 따고 있었다. 항상 한오와 같이 다녔었지만 오늘은 담한 혼자였다. 이를 본 기요는 담한을 공격할 수 있는 좋은 기회라 여기고 작전을 세워, 소년들에게 담한을 습격하여 생포하라는 명령을 내렸다.

"와!"
괴성을 지르며 나무가지로 만든 뾰족한 화살을 들고 달려드는 소년들을 보고 놀란 담한이 도망을 치다가 절벽에서 실족을 하고 떨어졌다. 담한을 쫓아 달려가던 소년들은 기겁을 하고 그 자리에 정지해 버렸다. 그때, 기요가 소리를 지른다.

"적이 외톨이다! 한오를 생포하라!"

그 소리에 소년들은 친구가 눈앞에서 절벽으로 떨어졌다는 사실도 금세 잊어버리고, 이번에는 한오를 잡기 위해 방향을 돌려 우르르 몰려갔다.

"와!"

기요는 장군이라도 된 듯이 뒤에서 소년들의 행동을 만족해하며 지켜보았다.

소년들의 비명소리가 가까워 오자, 뭔가가 심상치 않음을 깨달은 한오는 과일 따던 바구니를 내동댕이친 채 해안가로 달려갔다. 해안가에 만들어 놓은 천막 안에는 선생님이 주신 칼이 있었기 때문이다. 하지만, 한오가 칼을 손에 쥐기도 전에 소년들이 한오에게 덤벼들어 한오를 붙잡았다. 그러자, 기요가 소년들을 제치고 한오 앞에 거만하게 나타난다.

"항복하면 목숨은 살려주겠어."

"뭐?"

"항복하라고!"

"너 정신 나갔구나. 이게 무슨 짓이야?"

한오는 소년들을 둘러보았다. 담한은 보이지 않았다.

"담한은 어딨어? 무슨 짓을 한 거야? 담한아! 담한아!"

한오는 담한을 불렀다. 하지만, 아무런 대답이 없었다. 그제서야 소년들도 담한이 기억났다는 듯이 꼼짝하지 않고

서로의 얼굴만을 쳐다보고 있었다. 모두가 어쩔 줄을 몰라 하고 있자 기요가 명령을 내린다.

"적을 생포해서 저기 나무에 묶어라!"

한오는 발버둥을 쳤지만 아홉 명의 소년들을 혼자서 당할 수는 없었다. 결국 포로로 포박을 당한 채 나무에 묶여졌다.

그렇게 며칠이 지났다. 기요는 여전히 만족스럽지가 않았다. 한오가 무릎 꿇고 항복한다고 구걸하는 소리가 듣고 싶었기 때문이다. 하지만, 한오는 불굴의 지도자답게 전혀 굽히지를 않고 있었다. 그러자 기요는 한오에게 어떤 음식도 물도 주지 말라는 명령을 내렸다.

'지가 목이 마르면 어쩔 수 없이 항복할 거야.'

하지만, 갈증이 남에도 불구하고 한오는 여전히 항복하지 않고 있었다.

'지독한 것!'

기요는 화가 났다. 그리고 기요는 한 나라의 왕이라도 된 기분으로 소년들에게 호령했다.

"앞으로 나를 대왕마마라고 불러라!"

이후, 소년들은 기요를 백와원白瓦元이라고 불렀다. 하얀 방패의 우두머리라는 뜻이다. 기요가 떠내려 온 하얀 알루미늄 판자로 방패를 만들어 한오의 칼과 함께 항상 가지고 다녔기 때문이다.

한편, 한오는 담한이 죽었다는 의심을 멈출 수가 없었다.

"며칠씩이나 보이지 않아. 설마... 전부 미쳤어."

구조

오늘도 기요가 돌로 만든 자신의 대왕 침대에서 눈을 부비며 일어났다.

'오늘은 해병대 훈련을 해 볼까?'

아침에 일어나서 군사 훈련을 하는 것이 이제는 소년들의 일과가 되어 있었다. 그때, 잎과 나무가지로 만든 문을 열고 누가 들어왔다. 깨끗한 옷을 입은, 처음 보는 성인이었다. 그는 비행기가 추락하기 전 보냈던 조난 신고를 받고 소년들을 찾아 나선 구조선의 선장이었다.

선장은 한쪽 구석 기둥에 힘없이 묶여 있는 한오를 발견하고 눈이 휘둥그레졌다. 선장을 본 기요는 그 자리에서 마비가 되어 버렸다. 그때, 한오가 선장을 발견하고 설움의 눈물을 터뜨리자, 기요가 소리를 지르며 문을 박차고 밖으로 뛰어 나갔다.

"난, 대왕이야. 난 안 돌아갈 거야."

한편, 군사 훈련을 위해서 일렬 정대로 서 있던 소년들은 기요가 산으로 뛰어가는 모습을 보고 어리둥절해했다.

"어? 백와원이 산으로 뛰어 간다!"

그때, 선장이 기요를 따라 천막에서 나왔다. 소년들은 유령이라도 본 듯이 멍하게 서서 선장을 뚫어지게 쳐다보았

128

다. 선장도 원시인처럼 차려입은 소년들을 보고 어이없어 하고 있었다. 얼마나 지났을 까, 약속이라도 한 듯 소년들이 바닷가로 고개를 돌렸다. 거기에는 커다란 배가 정착되어 있었다. 그때, 한 소년이 가지고 있던 나무로 만든 창을 땅에 내던졌다. 그러자, 마비가 된 듯이 꼼짝도 하지 않던 다른 소년들도 그제서야 정신이 들었다는 듯이 각자 가지고 있던 창을 바닥에 내동댕이쳤다. 그리고는 속옷을 잘라 만든 머리띠를 벗어서 기요의 병사를 자부하여 얼굴에 발랐던 재를 닦고 벗어 두었던 옷을 찾아 입기 시작했다. 말 한마디 없었지만, 모두가 똑같이 집으로 돌아갈 생각을 하고 있었다. 하지만, 순수하게 기쁨의 환성을 올리며 선장을 반갑게 맞이하는 소년은 아무도 없었다. 모두가 죄인들처럼 신중하고 조심스럽게 쉬쉬하면서 조용히 움직이고 있었다.

선장은 한오에게 다가가 밧줄을 풀어주었다. 그러자, 다리에서 힘이 빠지면서 한오가 그대로 주저앉아 버렸다. 그리고 한오는 서글프게 울부짖기 시작했다.
"담...한..."
그 말과 함께 며칠을 굶었던 한오는 그대로 정신을 잃었다. 선장은 한오와 의식을 잃고 누워있는 선생을 배로 옮겨 치료를 하고, 선원들을 풀어서 산속으로 사라져 버린 기요를 찾기 시작했다. 그러는 동안, 선장은 소년들에게 섬에서 있었던 일을 알아내려고 했다. 하지만 선장과 대화를 하려는 소년은 아무도 없었다. 선장은 선장실로 돌

아와 정신을 차리고 따뜻한 음식을 먹고 있는 한오의 이
야기를 들었다.

"담한의 시체가 어디엔가 있을 거예요."

선장은 선원들에게 기요를 찾으면서 담한의 시체도 같이
찾도록 하였다.

귀환

육지로 돌아 온 소년들은 모두가 예전과 같이 평범한 생
활로 돌아갔다. 단지, 한오는 기력이 많이 쇠약해져 한 동
안 누워 있어야 했다. 소년들은 무인도에서의 생활이 마
치 꿈속에서나 있었던 일인 듯 아무도 입밖에 내지 않았
다.

"한오가 아파서 말을 못하니 우리만 입을 다물면 아무도
모를 거야."

"우리 잘못 아니야. 다 기요 때문이야!"

"어른들은 이해를 못할 거야.'

"실족사 한 거는 맞잖아. 우리가 떠밀지 않았어."

"내가 진실을 말하면 나만 손해 볼 거야."

"담한의 아버지한테 잘못 보이면 우리는 끝장이야."

"진실이 몰고 올 커다란 파도를 나 혼자 감당할 수는 없
어."

"모르는 척 하는 게 상책이야!"

소년들은 처벌 받을 것을 두려워하였고, 결국 담한의 부
모님은 담한이 단순한 실족사를 하였다고만 알고 있었다.

성공

시간이 흘렀다. 소년들은 모두 정치계에 진출하여 공직에
종사하고 있었다. 모두들 애당초 학교를 대표할 정도로
뛰어난 능력의 소년들이었기에 훌륭한 성적으로 학교를
졸업하였고, 탄탄한 가정 배경을 뒷받침으로 사회에서도
안정된 기반을 다지게 된 것이다.

한오도 정치계로 진출할 생각이 없는 것은 아니었지만,
기요의 부모에 의해서 매번 저지를 당했다. 한오를 위협
적으로 느꼈던 기요가 자신의 아버지에게 한오가 몹쓸 놈
이라고 거짓말을 해왔기 때문이다.
"이렇게까지 지저분하게 꾸역꾸역 정치계로 나갈 필요는
없어."
결국, 한오는 정치를 포기하고 방송사 기자로 일하기 시
작했다.

시간은 또 지났고, 어느 날, 기요가 나라의 대통령으로 당
선되었다. 사람들은 기요가 어렸을 때부터 인간애가 넘치
고, 희생정신이 뛰어났던 선천적인 지도자라고 입을 모았
다.
"어렸을 때부터 타고난 지도자여서 백와원이라고 불렸었
데."

"백와원?"

"새하얀 양심을 방패처럼 지니고 있는 지도자라는 뜻이
래!"

"이런 지도자는 역사상 전무후무해!"

"그래, 이제 우리나라가 커다란 발전을 할 거야."

"오래 기다려 왔어. 우리 대통령 너무나 멋져!"

기요의 청렴결백하고 정의로운 품성을 칭찬하는 방송이
쏟아져 나왔다.

방송을 듣고 있던 한오의 얼굴에 쓴 미소가 스쳐지나갔다.
한오는 방송을 끄고서 책상으로 돌아와 의자에 앉았다.
책상위에는 무인도에서의 생활이라는 책의 원고가 놓여
있었다. 한오는 쓰던 글을 계속해서 써 내려갔다.

<u>불곱</u>

임신

"아이고 배야!"

윤 씨가 불룩 나온 배를 쥐어 잡고 방바닥을 뒹굴다시피 한다. 윤 씨는 혼인을 하고서도 오랫동안 애가 들어서지 않자 매일 새벽, 물을 떠놓고 삼신할머니께 정성들여 기도를 드렸었다. 그리고 어느 날, 윤 씨가 마침내 태기를 느끼게 되었다.

"드디어 아기가 들어섰어!"

곽 대감은 온 동네 이웃을 불러서 잔치를 벌였다.

"아유, 경축 드리옵니다!"

모두가 기쁨에 젖어 있었다. 하지만, 그것도 잠시, 배가 불러올수록 배의 통증도 커져서 윤 씨는 하루가 멀다 하고 고통을 호소하였고, 거의 매일 밤잠까지 설치게 되었다.

"허허! 이런, 배 안에서 두 아기가 서로 싸우고 있습니다!"

"뭐라? 두 아기? 그토록 오랫동안 아기가 안 들어서더니 한꺼번에 두 명? 하하하!"

곽 대감은 한의사의 말에 기쁜 마음을 숨길 줄 몰랐다.

"경축 드리옵니다."

한의사는 불안한 마음이 들었지만 축하를 잊지 않았다.

'쌍둥이라... 두 아들이면 괜찮지만...'

한의사는 딸이 한 명이라도 있는 쌍둥이는 불운한 장래를 벗어날 수 없다는 소문을 익히 들어 알고 있었다.

며칠이 지난 후, 곽 대감 역시 불운한 소문을 들어버렸다. 그리하여, 곽 대감은 아기의 성별을 묻기 위해서 한의사를 다시 불러들였다.

"그래, 아기들이 사내아이더냐?"

"저기, 그건, 소인이 알 방도가 없사옵니다."

한의사는 곽 대감의 눈치를 보았다.

"하지만, 임산부 복부의 형태를 보나, 아기들이 저렇게나 활발하게 움직이는 것을 보나, 사내아이 두 명이 아닌 가 아뢰오!"

"오, 그래, 그렇지. 그거 다행이구나!"

그리고, 한의사는 임산부의 통증을 조금은 잠재울 수 있는 한약을 데려서 윤 씨에게 먹도록 하였다. 하지만, 윤 씨의 고통은 멈추지 않았다. 이후, 윤 씨는 임신의 고통을 그대로 감수하는 수밖에 없었다.

태몽

"어마!"

어느 날 새벽, 윤 씨가 잠에서 혼비백산하여 깼다.

"아니, 왜 그러시요?"

"아, 꿈이었구나! 해괴망측한..."

"무슨 꿈이길래?"

"아니, 밤도 늦었는데 아침에 말씀 드릴께요. 조금 더 눈을 붙이세요!"

"아니요. 난 괜찮으니 얘기를 해보시요! 내일 아침이면 잊어버릴 수도 있잖소. 하늘이 가르쳐주는 태몽일 지도 모르오."

곽 대감은 안 그래도 쌍둥이의 불운한 소문에 마음이 성가시던 차였다.

"아, 글쎄, 첫째 아기가 세상에 나오려고 하는데 둘째 아기가 첫째 아기의 발목을 잡고 안 놔주는 거예요."

"뭐라?"

"그래도, 너무나 늦게 발목을 잡은 탓에 첫째 아기는 그대로 세상에 나와 버렸죠!"

"그럼 둘째는?"

"둘째도 다음에 태어났어요."

"허, 다행이로다. 출생 순서가 뒤바뀌지 않았으니 길몽 아니겠소?"

"그렇겠죠?"

"그런데, 아기가 사내아이던가?"

"예, 두 아들이 서로 사이가 안 좋아요! 배속에서부터 저러니..."

윤 씨는 말을 맺지 못했지만 얼굴에는 걱정의 어두움이 내리 깔려 있었다.

"허허허, 거 길몽인데 아무런 걱정 말고 다시 잠자리에 드시구려! 산모가 건강해야 아기들도 건강하니 마음 편히 갖고 주무시요!"

출생

윤 씨가 임신을 한 지 열 달이 훌쩍 지났다. 윤 씨는 한 의사가 예상했던 대로 두 아들을 낳았다. 곽 대감은 안도의 숨을 내쉬었다.
"하하하! 아들만 두 명이니 내다 버릴 일이 없구나! 복이로다!"
곽 씨는 기쁨에 겨워 속으로 춤을 덩실덩실 추었다.
"첫째는 녹애, 둘째는 불곱이라고 이름하여라!"
그리고 곽 씨는 삼신할머니께 감사의 제사를 올렸다.

아기들은 건강하게 자랐다. 녹애는 성격이 호탕하고 외향적으로, 무예도 특출났으며 대인관계도 좋아서 거느리는 자들이 많았고, 아버지를 따라 사냥을 나가는 날이 많았다. 반면, 불곱은 내성적으로 책읽기를 좋아하고, 집 근처에서 혼자 산책하는 것을 선호하였으며, 자연적으로 어머니를 도와 집안일을 하는 시간이 많았다. 그리하여 아버지 곽 대감은 장남인 녹애를 장남으로 선호하였고, 어머니 윤 씨는 막내인 불곱을 편애하였다.

"약골!"

"다혈질!"

자라면서, 녹애는 조용하게 가만히 앉아서 머리만 쓰는 동생을 약골이라고 놀렸고, 불곱은 항상 말을 타고 사냥을 즐기는 형을 다혈질이라고 놀렸다.

"겨우 오 분 간격인데 너가 무슨 형이야?"

"오 분도 먼저는 먼저니까 형이라고 불러야 당연하지!"

녹애와 불곱은 배속에서처럼 계속해서 다투기도 하고 싸우기도 하면서 자랐다.

장자

어느 날, 녹애가 사냥을 하고 오후 늦게 집에 돌아왔다. 하루 종일 사냥을 하느라고 배가 고프던 차에 불곱이 방에서 팥죽을 먹고 있는 것이 보였다.

"아, 배고파. 나도 좀 먹자!"

"뭐? 내 팥죽을? 하인에게 데워오라고 해."

"데우느라고 오래 걸리잖아. 지금 당장 배가 고파서 죽겠어. 가지고 오는 동안 한 숟갈만이라도 먹자."

"나한테 장자권을 팔면 내 팥죽을 줄께."

"뭐? 장자권? 그런 것도 있어?"

"팔 거야 말 거야?"

"너, 오 분 늦게 태어난 것이 그렇게 한이 맺혔냐? 하하하. 그래라. 너가 형 해라!"

"그럼, 내가 장자가 되는 거다. 알았어?"

녹애는 팥죽 그릇을 받아먹으면서 고개를 끄떡였다.

'내가 먼저 태어났다는 사실은 온 천하가 다 아는데, 그걸 어떻게 바꿔? 저런 미련한 것!'

녹애는 속으로 불곰이 바보라고 생각했다. 장자권이란 태어나면서 이미 하늘이 정해준 권한이기에 태어난 후에는 바꿀 수 없다고 믿었던 것이다.

'형이고 동생이고는 됨됨이가 결정하는 거야.'

불곰이 속으로 생각한다.

가세

그러던 어느 날, 떵떵거리며 살던 곽 씨가 유치장에 갇히게 되었다. 곽 씨의 아버지가 범했던 죄가 들통이 나서 곽 씨가 대신 벌을 받게 된 것이다.

"이게 무슨 뚱딴지 같은 소리야?"

"아니, 곽 씨의 아버지가 양반이 아니었데요."

"양반 집에서 종으로 일하다가 돈을 훔쳐서 도망갔었데요."

"그래요. 그 돈으로 우리 마을에 와서 양반 노릇을 한 거라구요!"

"어마나, 그럴 수가."

모두가 놀라서 입을 닫을 줄 몰랐다.

"아니야, 저렇게 어지신 어르신인데."

"그래요, 어르신이 누명을 쓴 게 분명해."

"아, 요새 남 잘되는 거 질투심에 보지 못하는 자들이 한둘이야?"

"그러게, 나라가 망조라니까!"

"금방 누명이 벗겨지실 거야."

하지만, 시간이 지나도 곽 씨는 옥에서 풀려나지 못하고 있었고, 관청에서는 곽 씨의 돈과 지위를 몰수하였다. 곽 씨의 집이 몰락하게 될 지경에 이른 것이다. 이를 본 녹애는 부잣집으로 소문난 옹고의 데릴사위로 들어가 쓰러져가는 집을 다시 일으켜 세우겠다고 결심한다.

"아버지가 안 계실 동안은 내가 장자로서 집안을 지켜야 해. 할아버지는 돈으로 우리 집안을 살렸으니, 나는 혼인으로 우리 집안을 살리겠어."

그리고, 녹애는 어렸을 때부터 색시감으로 보아 두었던 놀순과 생이별을 하였다.

"아이고, 내 팔자!"

녹애는 장가들기 하루 전 침통한 마음으로 산에 올라가 목을 놓고 울었다. 놀순을 그리워하는 녹애의 마음이 사라지지를 못하고 있었기 때문이다.

"아이고 내 사랑, 놀순!"

사위

아들이 없던 옹고는 딸 옹딸을 시집보내면서 집에 몸집이 듬직하고 믿음직스러운 사위가 들어온다고 자랑하기를 그치지 않았다.

"우리 사위 같은 사내는 이 세상에 한 번 날까말까 한 장군감이야!"

동네 사람들도 녹애를 칭찬하였다.

"집안을 다시 일으킬려고 희생을 했다지?"

"그런 효부는 찾기 힘들지!"

"거기에 무술 실력도 대단하다고 들었어!"

"아유, 부러워라. 옹고가 복 받았네!"

"옹고가 복 받았어? 옹딸이 복 받았지. 하하하!"

이후, 녹애는 부인 집안의 재력과 권력 덕분으로 가세가 기우는 것을 막을 수 있었고, 더 나아가 풍요로운 생활을 영위해 나갔다. 그럼에도 불구하고 녹애는 전혀 행복하지 않았다.

"남자 태어나 마음 한 번 바치면 그것으로 끝인 걸..."

녹애는 여전히 놀순이를 마음속에서 지워버리지 못한 것 이다.

한편, 불곱도 혼인할 나이에 들어 어렸을 때부터 사랑을 나누었던 홍순과 혼인을 하였다. 홍순은 가정이 풍요롭지 않았고, 따라서 불곱과 홍순은 물질적인 여유도, 권력도, 가진 것도 하나 없이 살아갔다. 하지만, 부부간에 서로를 아끼고 배려하며 알쏭달쏭하게 행복한 나날을 보냈다.

축복

시간이 흘러, 곽 대감이 출옥하였다. 하지만, 곽 대감의
건강이 말이 아니었다. 나이는 먹어가고, 옥중에서 제대로
먹지를 못해서 몸이 망가지자, 죄인들이 옥중에서 사망하
기를 원하지 않는 조정이 생명이 간들간들한 곽 대감을
출옥시킨 것이다.

어느 날, 여느 때처럼 사경을 헤매던 곽 대감이 갑자기
눈을 떴다.
"얘야, 내가 가기 전에 꼭 꿩고기죽을 한 번 더 먹고 싶
구나!"
녹애는 갑자기 멀쩡해 보이는 아버지의 말을 듣자마자 뒤
도 돌아보지 않고 꿩 사냥을 하기 위해 말에 올라탔다.
윤 씨가 말릴 틈도 없었다.
'죽기 전에 갑자기 멀쩡해 진다더니, 죽을 때가 다가 온
것이 분명해.'
윤 씨는 속으로 생각하면서 멀어져가는 녹애를 보다가 불
곱을 불렀다.
"얘야, 너가 녹애 대신 아버지의 축복을 받아야겠다. 저러
다가 아버지가 아무에게도 축복을 주지 못하고 돌아가시
면 큰일이야."
그리하여, 불곱은 아버지 곁으로 가서 마지막 축복을 내
려달라고 부탁을 하였다.
"니가 왜? 장자가 엄연히 있는데! 녹애가 꿩죽을 끓여 온
다고 했어."
불곱은 뒤로 물러나 어머니에게로 갔다.

불곱이 축복을 받지 못한 것을 알게 된 윤 씨는 불곱에게 거짓말을 하라고 가르친다.

"아버지 눈과 귀가 노쇠해서 좋지 않으니까 너가 녹애 행세를 하면 돼! 녹애는 장인이 잘 사니까 걱정할 필요 없어."

윤 씨는 변변한 것 없이 쪼들리게 살고 있는 불곱을 걱정하고 있었던 것이다. 그리하여 윤 씨는 불곱에게 무거운 가죽 옷을 겹겹이 입도록 하여 몸집 좋은 녹애 흉내를 내게 하였다. 활동이 많았던 녹애는 그 만큼 좋은 식성으로 인해서 나이에 걸맞지 않게 거대한 근육질의 몸을 가지고 있었지만, 불곱은 책만 읽고 무예 연마를 하지 않아서 몸이 가늘었기 때문이다.

윤 씨는 부엌에서 닭죽을 끓여 곽 대감에게 가서 녹애가 사냥에서 돌아온 것처럼 말을 하였다.

"벌써? 이제는 사냥 실력이 좋아져서 나가자마자 사냥감을 잡는 게로구나! 허허허! 어디 이리 와서 손을 잡아 보거라. 내가 더 늦기 전에 마지막 유언을 해야겠어."

불곱은 아버지의 손을 잡고 녹애인 척 행세를 했다.

"아니, 손이 왜 이렇게..."

아버지가 불곱의 손을 의아해하자, 불곱은 잡았던 손을 얼른 놓는다.

"아, 아버지, 제가 금방 꿩을 잡아서 손이 더러워요. 이렇게 제가... 이제 됐어요."

불곱이 털이 숭숭 난 가죽으로 만든 장갑을 끼고 다시 아버지 손을 잡았다.

"이제 내 말을 잘 듣거라. 너를 장자로서 축복을 하지 않으면 내가 눈을 제대로 감을 수가 없어."

곽 대감은 집안 대대로 내려오는 장자에게 주는 축복을 내려 주기 시작했다.

불곱은 흥분하여 기쁨을 감출 수가 없었다. 그토록 바라던 장자권을 정식으로 자신이 받게 되었다고 생각했기 때문이다. 당시에는 장자로서 아버지의 축복을 받는 것은 목숨보다도 더 중요한 일이었다.

"그럼, 이제 닭, 아니, 꿩죽을 드세요. 그리고 기운을 차리세요!"

"그래, 고맙다."

도둑

저녁이 다 될 즈음, 녹애가 꿩을 잡아서 돌아왔다. 녹애는 하인에게 꿩죽을 끓이라고 명하고 아버지에게 다가갔다.

"아버지, 조금만 기다리세요. 제가 꿩을 잡아 왔어요."

"뭐라? 꿩죽을 벌써 먹었는데? 네가 누구냐?"

"예? 저 녹애예요. 지금 사냥에서 돌아왔어요. 무슨 말씀 하시는 거예요? 집에는 꿩이 없었는데?"

"그럼 내가 먹은 것은 뭐드냐?"

"예?"

"꿩죽을 먹고 장자의 축복까지 내렸는데?"

"장자의 축복이요?"

"그래, 꿩죽을 먹으면서 너한테 내리지 않았느냐?"

"아버지, 제가 아니었어요. 전 지금 돌아왔어요!"

"뭐라? 그럼 그게 누구였드냐?"

녹애는 머리까지 치솟는 울분을 참으며 불곱을 찾았다.
하지만, 불곱은 벌써 도망가고 없었다. 대신 윤 씨가 녹애
에게 나타났다.

"어머니, 불곱이..."

"그래, 나도 안다."

"예? 어머니는 불곱의 거짓말을 알고 계셨어요?"

"그래."

"불곱은 어디 있어요?"

"멀리 떠났어."

"예?"

"당분간 집에 오지 않을 거야!"

"불곱이 제 장자의 축복을 훔쳐서 도망갔어요! 제가 가만
히 두지 않을 거예요."

"가만히 안 두면 어쩔거니? 장자의 축복을 가진 자를 죽
일 거야?"

"그럼요! 거짓으로 훔쳤는데... 도둑놈은 죽여야 마땅해
요."

그리고, 녹애는 집을 뛰쳐나갔다.

그날 밤, 곽 씨는 저 세상으로 돌아갔다. 녹애는 아버지의 마지막 숨을 지켜보지 못했다는 사실로 인한 슬픔과, 장자의 축복을 받지 못했다는 사실로 인한 억울함으로 가슴이 찢어지는 듯했다. 하지만, 이를 꾹 참고 장례식을 마쳤다. 불곱은 장례식에도 나타나지 않았다.

"장례도 치르지 않는 장남이라고? 어디 너가 얼마나 잘 사나 보자!"

울분

이후, 녹애는 억울한 마음으로 인해서 피해망상에 시달리게 되었다.

"불곱이 내 욕을 하고 다녀."

"사람들이 장자권도 지키지 못한 바보라고 나를 비웃고 있어."

"불곱이 내 재산까지 노리고 있어!"

"불곱이 이번에는 내 부인을 채가려 하고 있어."

"불곱이 나를 없애려고 하고 있어. 그래야 진짜 장자가 되니까."

안 그래도, 어렸을 때, 녹애는 불곱이 자신의 발목을 잡고 태어났다는 얘기를 들은 적이 있었다. 녹애는 이를 확인하고자 윤 씨에게 직접 물어본 적도 있었다. 불곱이 그렇게 장자권에 집착을 하는 이유를 알고 싶었기 때문이다.

"그건 그냥 얘기일 뿐이다. 임신을 하면 여자들은 여러 가지 꿈을 꾸게 되어 있어. 녹애 너가 분명히 먼저 태어났고. 그것을 이제와 어떻게 변하게 한단 말이냐? 뭐가 그리 걱정이야?"

"하지만, 불곱은 항상 제가 하는 것을 다 뺏아갔었어요. 자라면서 매일요!"

"뭐를 그렇게 뺏겼다는 말이냐?"

녹애가 의아한 마음을 가지고 물어볼 때마다 윤 씨는 매번 녹애를 한 마디로 일축해버렸다.

"그리고, 설사 그렇다고 하더라도 두 형제가 자라다 보면 그런 일은 수없이 많은 법이야. 형이 동생을 배려하는 마음으로 자비심을 베풀어야지. 그게 장자의 특권 아니겠느냐?"

윤 씨는 오히려 녹애를 꾸짖으며 동생을 잘 돌볼 것을 다짐시켰다. 녹애는 윤 씨에게 한 번이라도 위안을 받아 본 적이 없었던 것이다.

'내가 뭐 동생 지킴이라도 되나?'

녹애의 마음속에는 어렸을 때부터 불안감과 억울함이 싹트고 있었다.

"뱃속에 있을 때부터 내 장자권을 노리던 놈이야!"

녹애는 아버지의 마지막 축복을 불곱이 계획적으로 훔쳤다는 생각이 들자 어머니의 말씀을 따르며 꾸역꾸역 하던 형노릇은 물론, 형으로서의 자비심이나 형제애도 느낄 수가 없게 되었다.

146

"난 동생의 지킴이가 아니야! 이제, 장가까지 들고, 각자 살림을 차렸으니 모른 척 하고 지내도 상관없어. 그래, 너, 그렇게 내것을 모두 훔치더니 얼마나 잘 사나 보자!"

녹애는 이제 불곱에 관한 일이라면 넌더리가 났다.

"불곱이 어떤 부탁을 해오더라도 다시는 돕지 않을 것이야!"

녹애는 다짐했다.

구박

시간이 지났다. 그동안 불곱은 마을로 돌아와 정착을 하였고, 녹애는 장남으로써 홀어머니가 된 윤 씨를 모셨다. 하지만, 녹애는 윤 씨가 어렸을 때부터 불곱을 편애했다는 의심을 버릴 수가 없었다.

"불곱 집에서 사시는 것이 더 좋지 않겠어요?"

녹애는 윤 씨를 가난한 불곱의 집으로 쫓아 보내서 모두가 고생하는 꼴을 보고 싶었다. 하지만, 윤 씨는 꼼작도 하지 않았다. 그러자, 녹애는 윤 씨의 방에는 불도 떼지 않고, 하루에 밥 한 끼만을 대령하면서 윤 씨를 구박하기 시작했다. 녹애의 심보를 알게 된 윤 씨는 녹애에게 효자는 못되더라도 불효는 하지 말라고 당부를 하였다.

"불효의 죄업은 하늘의 벌을 받을 것이야!"

하지만, 녹애는 어머니의 말씀을 한 쪽 귀로 듣고 다른 귀로 흘려버렸다.

시간은 흘렀고, 녹애의 야박함은 동네에 소문이 자자했다.

"지 화풀이를 종들한테 한데요!"

"그렇게 하인들을 부려먹으면서 말야."

"그러게, 잘 먹여도 시원치 않은데!"

"지어미를 구박하는데 하인들에게는 어련할려고!"

하루는 스님이 문 앞에서 시주를 받으려 하자, 녹애가 달려 나가더니 오물을 스님의 얼굴에 뿌려버렸다.

"내가 억울한 마당에 남 편하게 해줄 여유가 어딨어?"

이를 전해 들은 주지스님은 녹애의 괘씸한 행동을 그대로 내버려 둘 수가 없었다. 그리하여, 도술을 부려서 지푸라기로 가짜 녹애를 만들어 녹애의 집으로 보냈다. 가짜 녹애는 진짜 녹애를 집에서 쫓아내고 부인과 함께 지푸라기로 된 아들딸을 잔뜩 데리고 어머니를 따뜻하게 모시며 행복하게 살았다. 이를 본 진짜 녹애는 억울한 감정에 가슴이 타들어가는 듯했다.

"아니, 내 팔자야. 난 왜 이렇게 억울하게 당하기만 할까!"

그리고, 어느 날, 녹애가 집의 담을 넘어서 안방으로 부인을 찾아들어갔다.

"나예요! 내가 당신의 지아비라고요! 나를 몰라보겠소?"

녹애의 부인은 기겁을 하고 옆에서 자고 있는 가짜 녹애를 깨웠다. 가짜 녹애는 진짜 녹애를 포박하고서 날이 밝자 관가에 신고하였다. 관가에서는 진짜 녹애에게 다시는 거짓말을 하지 않겠다는 맹세를 받고 곤장으로 벌한 뒤 내보냈다.

후회

녹애는 다리를 절며 갈 곳 없이 온 마을을 헤매고 다녔다. 그러다가 결국 불곱의 집으로 발길을 돌렸다. 금방 쓰러질 듯한 초라한 집 앞에 이르자 녹애는 헛기침을 하였다.
"어마, 어르신!"
홍순은 녹애를 보고 반갑게 맞았다. 녹애는 멋쩍은 모습으로 엉거주춤 서 있었다. 녹애가 왔다는 소리를 들은 불곱은 방에서 버선발로 뛰어나왔다.

이후, 녹애는 불곱 집에 거처하였고, 몸을 회복하면서 자신의 잘못을 후회하기 시작했다.
"장남인 내가 어머니를 그렇게 구박을 했다니... 스님까지 문전박대하고... 내가 정말 몹쓸 짓을 했어!"
그렇게 까지 생각이 들자, 녹애는 자신을 참을 수가 없었다. 그리하여, 산속으로 들어가 목을 매 세상을 하직하려고 하였다.
"아무도 나를 알아주지 않는데 살아서 무슨 소용이야! 나를 알아 주셨던 아버지 곁으로 가는 게 상책일 거야!"
그리고 마지막 세상을 뜨려는 순간, 어디서 갑자기 스님이 나타나서 녹애를 꾸짖기 시작했다.
"네 이놈! 인간의 목숨이 얼마나 귀중한테 니깐 놈이 좌지우지하려고 한단 말이냐!"
녹애는 무릎을 꿇고 고개를 조아렸다.

"내, 니놈의 후회하는 모습을 가엾이 여겨 이번 한 번만 기회를 다시 줄 테니 다시는 못된 마음을 품지 말도록 하여라!"

"감사합니다!"

녹애는 넘치는 눈물을 옷소매로 닦았다. 그리고 고개를 들어보니 앞에는 아무도 없었다.

녹애는 곧바로 산을 내려와 집으로 달려갔다. 집에서 부인과 아들이 녹애를 반겨주었다. 녹애는 주위를 두리번거렸다. 대문 옆의 담 아래에 지푸라기가 잔뜩 쌓여 있는 것이 보였다.

"다른 애들은 다 어디 갔소?"

"예? 무슨 애들이요?"

"아니, 아무것도 아니요! 저 지푸라기는 다 무엇이요?"

"예? 아, 종들이 쓸 곳이 있어서 가져다 났나 봐요!"

이후, 녹애는 윤 씨의 방을 따뜻하게 하도록 하인들에게 당부하였고, 매끼마다 따뜻한 죽과 밥으로 어머니를 편안하게 모셨다. 그리고 시간은 또 흘러, 윤 씨도 저 세상 사람이 되었다.

일

부부애가 좋았던 불곱은 쉬지 않고 아기를 낳았다. 그러다 보니 순식간에 열두 명의 아이들을 가지게 되었다. 하지만 아들은 한 명도 없었다. 게다가, 불곱은 주위에서 부모를 잃고 고아가 된 아이들까지 집으로 데려와 키우고 있었다.

"아버지의 사랑을 못 받는 것이 불쌍해."

처음에는 고아가 된 아이들을 임시적으로 데려왔었다. 자신이 어렸을 때 그리워하던 부성애가 순간적으로 느껴졌었기 때문이다. 하지만, 한번 집으로 들인 후에는 정이 들어서 다시 내보낼 수가 없게 되었고 삽시간에 서른 명에 가까운 아이들이 한 지붕 밑에서 형제자매로 살게 되었다.

"아들이 없으니 고아가 된 사내아이들을 데려다 키워도 좋을 거야."

그리하여, 안 그래도 넉넉지 않던 살림이 더욱 더 쪼들리기 시작했다.

이후, 불곱은 가장으로서 자식들을 먹여 살려야 한다는 생각에 먹을 것을 구할 수 있는 일은 체면도 차리지 않았고 어떤 어려움도 마다하지 않았다. 집을 짓는 곳에 가서 손을 빌려주고 댓가로 곡식을 받기도 하고, 밭일을 대신 해 주고 먹을 것을 얻어오기도 했다. 어떤 때는 기생들의 편지를 몰래 운반하여 전해주기도 하였다. 몰래 하는 일이기에 받는 곡식이 많았기 때문이다. 심지어, 어떤 때는 벌을 대신 받아주기까지 했다. 곤장을 대신 받아 주는 일은 한 달 동안 먹을 수 있는 많은 곡식을 한 번에 얻을 수 있는 장점이 있었다. 하지만, 곤장을 맞고 나면 한 달을 꼬박 방에 누워있어야 하는 단점도 있었다. 그 때마다 불곱은 스스로 위안을 하였다.

"아무리 건장한 장수라도 곤장 맞고 금방 걷는 자는 없을 거야."

옹딸

반면에 녹애는 아들 한 명만을 낳아 키우고 있었다.

"동생이 있으면 시끄럽기만 할 거야."

안 그래도 부부애가 좋지 않았던 녹애는 더 이상 아기를 갖고 싶지 않았던 것이다. 하지만, 옹딸은 불곱을 원망하였다.

"남편이 불곱에게 주눅이 들은 것 같아. 피해망상이야! 내가 불곱을 골려주면 남편이 나를 더 애지중지 아껴줄 거야. 그러면 아들딸 많이 나을 수 있어."

옹딸은 불곱을 이용하여 부부애를 돈독하게 할 수 있을 것이라고 생각한 것이다.

이후, 옹딸은 불곱이 먹을 것을 얻으러 올 때마다 녹애 보라는 듯이 불곱을 고의적으로 못살게 굴었다. 뺨을 때리기도 하고, 머리를 쥐어박기도 하고, 엉덩이를 발로 차기도 하면서 괄시를 한 것이다. 그때마다 녹애는 못 본 척 눈을 감아 버렸다. 마음 한 구석에는 왠지 고소하다는 느낌이 들었기 때문이다.

"내 책임이 아니야."

게다가, 남이 대신해서 자신의 아픈 곳을 달래준다고 생각하니 더욱 더 시원한 느낌이 들었다.

구걸

그러던 어느 날, 불곱이 곤장을 대신 맞고 한 달이나 누워있었는데도 불구하고 다시 일어날 힘이 생기지 않았다.

"이번에는 회복하는 데 더 오래 걸리네."

"나이가 들어서 그렇죠. 이제 곤장 대신 맞는 일은 그만 두시그려!"

홍순은 누워있는 불곱을 걱정어린 얼굴로 쳐다봤다.

"그러긴 해야 할 거 같은데, 그럼 어떻게 먹고 살아?"

"형님이 계시잖아요. 옛날에는 문전박대 했지만, 이제 새 사람이 된 마당에 또 그러시겠어요? 하나밖에 없는 동생인데, 피는 물보다 진하잖아요."

불곱은 녹애가 새 사람이 된 후에도 옹딸에 의해서 뺨을 얻어맞으며 구박을 당한 일을 홍순에게 말하지 않았었다.

"문전 박대한 적이 어디 한두 번이요? 녹애는 여전히 나를 원망하고 있어요."

"아주버님도 아주버님이지만, 제가 보기에는 형님이 더..."

그리고 홍순은 속으로 중얼거렸다.

'끼리끼리 모인다더니...'

박

어느 날, 불곱이 마루에 걸터앉아 구름 한 점 없는 하늘을 쳐다보고 있었다. 홍순과 아이들은 모두 먹을 것을 얻기 위해 밖에 나가고 없었다.

'이제 조금만 더 있으면 몸이 완전히 회복되겠어. 다행이야!'

그때, 날아가던 제비가 나무에 머리를 박고 땅으로 곤두박질치는 모습이 보였다.

"아쿠! 저게 웬일이야?"

불곱은 제비에게로 달려갔다.

"원숭이가 나무에서 떨어진다고 하더니, 제비님이 웬일이신가?"

"다리가 부러졌어요."

"아이구, 저런, 어쩌다가? 내가 한번 봐드리리다."

불곱은 제비의 아픈 다리를 치료해 주었다. 그리고 며칠이 지나자 제비는 감쪽같이 나아서 또 다시 강남으로 날아갈 준비가 되었다.

"불곱님 덕분에 강남 집으로 갈 수 있게 됐어요. 여기 박 씨앗이 있으니 땅에 심으면 앞으로 평생 걱정하지 않고 사시게 될 거예요!"

"아이구, 고맙습니다. 조심해서 가시구려! 내년에 또 봬요!"

불곱은 제비를 보내고 제비를 발견했던 장소에 땅을 파고 제비가 준 하얀 박 씨를 심었다.

"박이 주렁주렁 열리면 배를 굶주리지 않아도 될 거야."

그리고 며칠이 지나자, 집채만 한 박 세 개가 주렁주렁
열렸다.

"여보, 이게 웬 박이예요?"

불곱은 부인에게 자초지종을 말하고는 박을 타기 위해서
톱을 가져왔다.

"거기를 붙잡아요. 박을 탑시다."

"시스렁 시그렁 실건 실건!"

"에이여루 에이여루 당거주소!"

그때 막내가 뱃사람들의 노래를 부리기 시작했다.

"어기 여차, 어기 여차!"

"야, 여기가 배야?"

모두가 배를 잡고 웃는다. 그래도 막내는 여전히 뱃노래
를 불렀다.

"여기 여차, 저기 여차!"

복

"아이고! 박이 하도 커서 너무나 힘들어요!"

홍순이 힘들어 하자, 장성한 아이들이 돌아가면서 톱을
받아서 박을 타기 시작한다.

"시스렁 시그렁 실건 실건!"

"에이여루 에이여루 당거주소!"

그리고 드디어 박이 터졌다. 그러자, 각양각색의 약주와
약초가 쏟아져 나왔다.

"이게 뭐야?"

"이건 죽은 사람을 살리는 환혼주還魂酒, 이건 소경 눈을 뜨게 하는 개안주開眼酒, 이건 벙어리도 말하게 하는 개언초開言草, 이건 영생을 살게 한다는 불로초不老草!"

"어쩜, 당신이 아픈 것을 보고..."

홍순은 제비의 배려심에 감격을 했다.

"그래, 그 제비 참, 평생 먹고 살 것이라고 하더니."

배가 고팠던 불곱은 그리 감명을 받지 않았다. 아이들도 마른 풀잎이 잔뜩 나오자 실망을 하였다.

"아유, 이게 얼마나 좋은 건데! 내일 시장에 가져다가 팔면 돈 많이 벌 수 있을 거예요!"

그 동안 남편이 빨리 낫기를 바라면서 약초집에서 구걸을 하던 홍순만이 약초가 비싼 값에 팔린다는 사실을 알고 있었다.

"그러구려. 그런데 내일 일어날 힘이나 남아 있을지 모르겠소!"

불곱의 아이들은 박에서 나온 약주와 약초를 방안으로 옮겼다. 그리고 두 번째 박을 타기 시작했다.

"시스렁 시그렁 실건 실건!"

"에이여루 에이여루 당거주소!"

그리고 두 번째 박도 열렸다. 이번에는 각종 문서와 책이 우르르 쏟아져 나왔다.

"아니 웬?"

"맹자, 통감, 사략, 논어... 이런 책들은 학자들이 보는 책인데."

"줄줄이 있는 우리 아이들의 장래를 위해서... 제비가 사려심이 매우 깊어요"

홍순이는 여전히 제비의 깊은 속마음에 감동을 하고 있었다.

"그렇구려, 아이들을 교육시켜야겠구려. 그러면 훌륭한 성인이 나올 수도 있겠지. 하지만, 그때까지 연명을 할 수 있을런지."

불곱은 여전히 만족스럽지 않았다. 그 동안 먹고 살기 위해서 아이들에 대한 교육에는 관심이 없었기 때문이다.

"누가 지나가다 보고 우리가 도둑질 한 줄 알겠어. 얼른 옮겨라!"

이번에도 불곱은 아이들을 시켜서 박에서 나온 책들을 방으로 옮겼다.

그리고, 홍갑은 마지막 박을 타기 시작했다. 배가 고프다는 느낌도 반복된 기대감과 실망에 엇갈려 사라진 듯했다.

"시르렁 시리렁 실건 실건!"

"에이여루 에이여루 당거주소!"

그리고 박이 열렸다. 이번에는 드디어 먹을 수 있는 오곡이 보이는 듯했다. 그리곤 순식간에 온 마당이 쌀과 잡곡으로 가득차 버렸다. 그제서야, 불곱을 비롯한 아이들이 환호성을 울렸다.

"여기는 오천 석도 넘어!"

"여기도 오천 석 넘어!"

아이들은 먹지도 않고 벌써 배가 부른 듯 힘이 넘쳐나고 있었다.

"평생 배부르게 살 수 있어! 하하하!"

게다가, 쌀 오천 석 옆에는 옷을 만들어 입을 수 있는 각종 비단, 베, 모시가 수북이 쌓여 있었다.

"아이고 머니나!"

홍순의 입이 딱 벌어져서 다물 줄을 몰라 한다. 불곱의 얼굴에는 놀라움과 만족감이 뒤섞여 있다.

"역시 제비님은 거짓말을 하지 않아."

홍순은 곡식도 마다않고 반짝반짝 빛나는 비단을 들어서 자신의 몸에 치마처럼 두루 말았다. 그때, 비단 뒤에 가려져 있던 목수가 보였다.

"아이고 머니나!"

홍순이 놀라 뒷걸음질 친다. 목수 옆에는 거대한 집을 짓고도 남을 목재가 수북이 쌓여 있었다.

"제비가 생각도 깊어. 이렇게 많은 쌀, 책, 옷감, 약초들을 이렇게 낡아 허물어지는 집에서 관수하지 못한 다는 것을 알고서..."

이윽코, 목수는 집을 짓기 시작했다.

"뚝딱뚝딱!"

그리고 순식간에 거대한 기와집이 완성되었다.

질투

옹딸이 배가 아파서 어쩔 줄 몰라 하며 녹애에게 하소연
하고 있다.
"이거 분해서 어떻해요?"
불곱이 제비를 도와주고 복을 받았다는 얘기를 전해 들었
기 때문이다.
"장자의 복을 훔쳐가더니 이제는... 이중으로 억울해서 못
견디겠어."
녹애에게도 흑심이 일어나고 있었다. 그토록 오랜 세월이
흘렀건만, 녹애는 여전히 억울하다는 생각을 지울 수가
없었던 것이다.

부유해진 불곱은 더 이상 녹애의 집에 구걸을 오지 않았
다.
"이제는 불곱을 골릴 수가 없으니 어떻게 하지?"
옹딸은 여전히 녹애의 마음을 사고 싶어서 안달이 나 있
었다.
"남편의 사랑을 얻기만 한다면 세상에서 못할 일이 없을
것이야!"
어느 덧, 옹딸은 녹애의 관심을 끌고자 집착을 하고 있었
다.

그리고 몇 달이 지났다. 강남 갔던 제비가 다시 돌아 왔
다.
'기회가 왔어.'

옹딸은 제비집을 찾아서 온 마을을 돌아다녔다. 그리고
겨우 한 집의 처마 밑에서 제비집을 발견했다. 하지만, 제
비집은 비어 있었다. 옹딸은 하루 종일 제비가 돌아오기
를 기다렸다.

저녁때가 되었을 때, 제비 한 마리가 날아들었다. 어미가
아기를 낳기 위해 음식을 충분히 섭취하고 귀가 한 것이
다.
"저기 있다!"
옹딸은 제비가 둥지에 들어가자마자 집주인도 아랑곳 하
지 않고 집안으로 뛰어 들어가서는 가지고 있던 보자기로
제비집을 덮어 통째로 뜯어버렸다. 제비가 보자기 안에서
날개짓을 하느라고 야단이었다. 옹딸은 제비를 가지고 녹
애에게 달려갔다.
"여기 제...비... 다...리... 여기... 헉헉!"
옹딸은 숨이 차서 말도 제대로 하지 못하고 있었다.
"무슨 일이야?"
"여기 제비 다리... 부러...졌어요!"
"어? 어디 보자!"
녹애는 보자기에서 제비를 조심스럽게 꺼냈다.
"뭐야? 멀쩡한데? 어디가 부러졌다는 거야?"
"아, 여기요!"
옹딸은 보여주겠다며 제비를 받아서 다리를 부러뜨렸다.
"자, 여기 부러졌잖아요!"
"아니?"

녹애는 기겁을 했다.

"부러진 다리를 고쳐주기만 하면 되잖아요!"

옹딸은 자신의 착상이 기발나다는 듯이 우쭐해했다.

"잠깐, 다리 하나에 박이 세 개니, 다리 두 개면 박이 여섯 개인가?"

말이 끝나자마자 옹딸은 제비를 떨어뜨렸다.

"이왕 치료해 줄 거, 두 다리를 치료해 주면 되잖아요! 호호호!"

옹딸은 녹애에게 더 많은 사랑을 받을 것이라는 생각에 흐뭇해하면서 제비를 들어 올렸다.

"아이구, 다리가 부러지셨네!"

녹애는 제비를 받아서 치료하기 시작했다.

흑씨

하지만, 며칠이 지나도 제비의 다리는 나을 조짐을 보이지 않았다.

"강남가야 하는데, 다리 안 낫고 뭐해?"

옹딸은 초조하게 제비에게 물었다. 하지만, 제비는 아무런 말이 없었다. 그리고 며칠이 더 지났다.

"이번에 놓치면 강남 못 가는데?"

녹애도 애가 탔다. 그리고 또 며칠이 지났다.

그리고 어느 날, 드디어, 제비의 다리가 나아서 이제는 강남의 집으로 갈 수가 있게 되었다. 녹애와 옹딸은 안도의 숨을 내쉬었다.

"이제야... 휴!"

제비가 날아가려 하자 옹딸이 제비의 날개를 붙잡는다.

"아니, 뭐 잊으신 거 없나?"

"예?"

"거, 왜, 박 씨 같은 거 있잖아?"

"박 씨를 원하시는 거예요?"

"아, 물론! 도와줬으면 댓가를 치러야지! 안 그래?"

"정말로 박 씨를 원하시는 거예요?"

"그럼그럼, 두 개는 받아야 안 되겠어? 다리 하나에 하나씩 말야."

제비는 옹딸의 말대로 품에서 검은 박 씨 두 개를 꺼내서 옹딸의 손에 놓아주었다. 그리고는 뒤도 돌아보지 않고 날아가 버렸다.

옹딸로부터 박 씨를 받아 든 녹애는 마당의 해가 잘 드는 곳에 박 씨를 심었다. 그리고 하루가 지나자 커다란 박 여섯 개가 열렸다.

"이것 봐! 하루 만에 열렸어! 하하하!"

"두 다리를 고쳐줬더니 더 빨리 열었나봐요! 호호호!"

주렁주렁 널린 박을 보고 녹애와 옹딸은 흥겨움에 흥이 저절로 났다.

왈자

녹애는 하인들을 시켜서 박을 타도록 하였다.

"시르렁 시리렁 실근 실근!"

"헤이여루 헤이여루 톱질하세!"

하지만, 박은 좀처럼 열릴 기미가 없었다.

"아, 밥 먹고 힘은 다 어디다 써버렸어? 좀 더 힘을 내지 않고 뭐해?"

옹딸의 성화에 잠시 쉬던 하인들은 땀을 닦으며 계속해서 박을 타기 시작했다.

"시르렁 시리렁 실근 실근!"

"헤이여루 헤이여루 톱질하세!"

"쓱싹, 툭탁!"

그리고 드디어 첫 번째 박이 열렸다. 그리고, 박에서 웬 상제喪制가 나와 제물祭物값을 요구하였다.

"네, 이놈! 제물 값을 내놓아라!"

"아니, 이 사람 누구야? 제물이라니요? 우리는 그런 거 몰라요!"

녹애는 상제를 무시하고 하인들에게 두 번째 박을 타도록 명령하였다.

"시르렁 시리렁 실근 실근!"

"헤이여루 헤이여루 톱질하세!"

"쓱싹, 툭탁!"

그리고 드디어 두 번째 박도 열렸다. 이번에는 박에서 팔도 무당이 나와 굿판 비용을 요구하였다.

"네, 이놈! 굿판에 돈을 내놓아야할 것 아니냐!"

"아니, 이거 뭐가 잘못 된 거지. 잘못 오신 거니까 나가주세요!"

녹애는 초조해하면서 또 다시 세 번째 박을 타도록 명령하였다.

"빨리 빨리!"

"시르렁 시리렁 실근 실근!"

"헤이여루 헤이여루 톱질하세!"

"쓱싹, 툭탁!"

세 번째 박에서는 조정의 관료가 나왔다.

"네 놈의 삼대三代가 우리 종이다!"

"뭐야?"

"속냥가贖良價 5천 냥을 바치거라!"

"이게 점점 더, 기가 막혀! 그건 공명첩空名帖을 사고파는 천민들한테나 요구하는 거지. 감히 어느 안전에... 야, 저기 저 박을 타거라!"

녹애는 열린 박에서 나온 사람들을 무시하고 또 다른 박을 타도록 하인들에게 명령하였다. 이제는 기다림에 서서히 지치고 있었다.

"시르렁 시리렁 실근 실근!"

"헤이여루 헤이여루 톱질하세!"

"쓱싹, 툭탁!"

그리고 드디어 네 번째 박이 열렸다. 이번에는 박에서 등짐꾼들이 나와서 돈을 요구하였다.

"이놈! 돈을 내놓아야 할 것 아니냐!"

"뭐야? 뭐, 이런 것들이 다 있어? 전부 나가!"

녹애는 화가 나서 소리를 질렀다. 그리고 팔을 걷어붙이고 하인들을 발로 밀쳐내고는 다섯 번째 박을 직접 탔다.

"시르렁 시리렁 실근 실근!"

"헤이여루 헤이여루 톱질하세!"

"쓱싹, 툭탁!"

그리고 박이 열리자 이번에는 사당거사가 나와 녹애의 돈을 가져가려고 온 집안을 돌아다녔다.

"네 이놈! 돈을 어디다 숨긴 거냐?"

사당거사가 녹애 바지춤 속에 감추어 놓았던 돈을 빼앗으려 다가왔다.

"이거 놔! 돈에 미친 것들! 전부 여기서 나가지 못할까!"

녹애는 사당거사를 밀어내고 또 다른 박을 타려고 하였다. 그때, 기겁을 하고 있던 옹딸이 녹애를 막는다.

"우리 그만 탑시다."

"아니, 끝까지 가봐야겠어. 배은망덕한 제비!"

녹애는 옹딸의 손을 뿌리치고 혼자서 박을 타기 시작했다. 하지만, 박은 타지지를 않았다. 성이 난 녹애는 하인에게 화풀이를 하였다. 어느 새, 녹애는 옛날의 모습을 되찾고 있었던 것이다.

"아, 그쪽 잡지 않고 뭐하고 있어?"

하인들도 겁에 질려 몸이 얼어 있었다. 하지만, 녹애는 개의치 않았다.

"시르렁 시리렁 실근 실근!"

"헤이여루 헤이여루 톱질하세!"

165

"쓱싹, 툭탁!"

드디어 마지막 여섯 번째 박이 열렸고, 만여 명의 왈자曰字들이 나와 정신을 사납게 하였다. 왈자들은 언행이 단정치 못하고 말이 많은 수선꾼들로 가는 곳마다 불운을 가져오는 자들이었다.

녹애가 왈자들에게 정신이 팔려서 정신을 차리지 못하고 있을 때 어디선가 고약한 냄새가 퍼져오고 있었다.

"이게 무슨 썩은 냄새야?"

옹딸이 주위를 두리번거린다. 그러자, 왈자들 뒤에서 누런 똥이 쏟아져 나오고 있는 모습이 보였다. 그리고, 마당이 삽시간에 똥바다로 변해버렸다. 이를 본 옹딸은 충격으로 인해서 폭싹 늙어 머리가 새하얀 할머니가 되어 버렸다.

유언

녹애는 부인도 아들도 뒤로 한 채, 걸음아 날 살려라는 듯 집을 뛰쳐나갔다.

"아이구머니나, 이렇게 억울할 수가!"

녹애의 아들은 정신이 나가 벙어리가 된 채로 꼬부랑 할머니가 된 어머니 곁에 앉아서 울고 있었다. 이를 전해 들은 흥순은 이들을 집으로 들여 녹애의 아들에게는 박에서 나왔던 개언초를 먹이고, 할머니가 된 옹딸에게는 불로초를 먹였다. 그러자, 녹애의 아들은 다시 정신을 차리고 말을 할 수 있게 되었으며, 옹딸은 다시 젊음을 찾을 수 있게 되었다. 이후, 이들은 불곱의 집에서 조용히 같이 살았다.

시간이 흘렀다. 녹애는 여전히 집에 돌아오지 않았고, 불곱은 장자처럼 부모님에 대한 제사를 매년 지내며 시간이 날 때마다 녹애의 소식을 수소문하였다.

그러던 어느 날, 강남의 한 지방에서 자신이 억울하다고 말하고 다니는 정신 나간 맹인이 있다는 소문이 나돌았다. 불곱은 갖은 어려움 끝에 맹인을 찾았다. 그 맹인은 불곱의 예상대로 녹애였다. 불곱은 품에서 개안주를 꺼내서 녹애에게 먹였다. 그러자, 녹애는 바로 정신을 차리고 눈을 뜨고서 앞에 있는 불곱을 알아보았다.
"형님!"
이후, 녹애의 가족과 불곱의 가족은 한 지붕밑에서 같이 평화롭게 살았다.

그리고 시간이 또 흘렀다. 불곱이 방에 누워 있고 옆에는 녹애의 아들이 불곱의 손을 잡고 앉아 있다. 불곱은 녹애의 아들에게 장자의 유언을 남기고 있었던 것이다. 불곱의 양자들은 이를 매우 불만스러워하였다.

그날 저녁, 불곱은 그대로 세상을 하직하였다. 하지만, 아무도 박에서 나왔던 환혼주를 이용하여 불곱을 되살리려 하지 않았다.

"집안의 장자가 아직 살아 있어!"
불곱의 양자들은 녹애를 장자로 간주하고 있었던 것이다.

그러던 어느 날, 녹애의 아들이 사냥을 하다가 말에서 떨어져 죽었다. 이 소식을 들은 녹애는 상심한 나날을 보내더니 며칠 지나지 않아 갑자기 숨을 거두었다. 이를 알게 된 불곱의 양자들은 서둘러 환혼주를 가져다가 녹애에게 먹였다.
"장자의 유언을 받아내야 해!"

농장

좌우명

옛날 고리고쩍, 동물들이 인간들 위에 군림하고 살 때였다. 동물들은 인간들을 농장에서 살게 하면서 감시를 하였다. 인간들은 몸집이 동물에 비교가 안 될 정도로 작았고, 당연히 힘으로도 동물들을 당해 낼 수가 없었기 때문에 동물들에게 복종을 하지 않을 수가 없었다. 게다가 인간들은 동물들이 우월하다고 세뇌 교육을 받아 왔다.

오늘도 동물의 대장인 사자가 율법을 낭독하자 다른 동물들이 따라서 외운다.
"우리의 좌우명, 첫째!"
"우리의 좌우명, 첫째!"
"두 발로 걸으며 발가락이 다섯 개인 동물은 우리에게 적이고, 네발 동물이나 날개 동물은 우리의 친구다."
"두 발로 걸으며 발가락이 다섯 개인 동물은 우리에게 적이고, 네발 동물이나 날개 동물은 우리의 친구다."
동물들은 매일 아침, 동물의 율법을 다 같이 낭독하면서 동물간의 동맹을 단단히 하였다.
"둘째!"
"둘째!"

"우리 동물들은 우리의 털을 망가뜨리는 옷을 입을 필요
가 없고, 땅의 기운을 받지 못하게 하는 높은 침낭 위에
서 잘 필요도 없다."

동물들은 사자의 뒤를 따라서 율법을 소리 높여 외웠다.

"셋째, 우리 동물들은 정신을 혼미하게 하는 술을 마실
필요가 없다."

동물들의 우렁찬 목소리는 아침의 고요함을 깨는 시계나
마찬가지로 울려 퍼졌다.

"넷째, 우리 동물들은 모두가 평등하며, 동물들 간의 살생
을 금한다."

그렇게 동물들은 자신들의 율법을 행동 규칙으로 삼고 인
간들을 부리며 안정된 생활을 영위해 나갔다.

그러던 어느 날, 색욕에 눈이 멀었던 동물 한 마리가 인
간과 교배를 해버렸다.

"인간을 적이라고 하긴 하지만, 적과 교배하지 말라는 율
법은 없잖아."

그는 자신의 색욕을 정당화 하였다. 그리고 아홉 달이 지
난 후, 아기가 태어났다.

"이 사실이 알려지면 나는 끝장이야!"

동물과 인간 혼혈아의 아버지가 된 동물은 아기와 인간
엄마를 동물이 살지 않는 먼 곳으로 보내버렸다.

"동물 간에는 살생을 하면 안돼!"

동물인 아버지 눈에는 자신의 아기는 동물이었다.

"게다가, 내 자식인데..."

선구자

그리고 15년이 흘렀다. 아기는 인간의 모습을 하고 무럭 무럭 자라서 용맹무쌍한 젊은이가 되었다. 단지, 보통 인 간들보다 훨씬 힘이 셌고, 훨씬 몸집이 컸다. 그러던 어느 날, 혼자 살면서 쇠약해질 대로 쇠약해 진 어머니는 자신 의 수명이 다했음을 직감하고 아들에게 인간 세상과, 인 간 위에 군림하고 있는 동물들에 대해 가르쳐 주었다.

"옛날에, 곰이 동물들의 지도자일때는 동물과 인간들이 적대적 관계가 아니었단다. 하지만, 사자가 반란을 일으킨 이후로는 동물들을 경계해야 해!"

그리고 며칠이 지난 후, 아버지에 대해서는 한 마디 언급 도 없이 어머니는 돌아가셨다. 당시 동물들의 수명은 12 년이었기 때문에 젊은이의 아버지도 이미 저 세상으로 돌 아간 후였다. 이로써, 젊은이에 얽힌 출생의 비밀을 아는 자는 이 세상에 아무도 없게 되었다.

이후, 젊은이는 인간 세상으로 발을 내딛었다. 범상치 않 은 젊은이의 출현에 인간들은 호기심보다 두려움이 앞섰 다.

"인간 모습인데 동물처럼 거대해!"

"괴물이야!"

하지만, 젊은이는 인간들의 경계도 아랑곳 하지 않고 인 간들이 사는 옆에서 같이 살았다. 인간들은 어머니와 같 은 모습을 하고 있었기 때문이다.

그리고, 얼마 지나지 않아, 인간들도 젊은이가 해를 끼치지 않으며, 오히려 자신들의 일을 도와 더 편안 생활을 누릴 수 있다는 사실을 깨닫게 되었다.

"우리가 열 번 스무 번 왔다갔다 해야 하는 일을 저 젊은이는 한 번에 해치우잖아."

"그래, 우리에게 도움이 돼!"

"하늘이 우리가 힘들게 사는 것을 보고 우리에게 보낸 성인이야!"

인간들은 젊은이를 선구자라고 불렀다.

"우리 인간들의 행복한 장래를 이끌어 줄 지도자야!"

인간들은 동물들의 눈에 안 띄는 곳에 선구자를 숨겼고, 선구자는 매번 동물들이 없는 틈을 타서 인간들을 도왔다. 그렇게 인간들은 선구자에게 의지하면서 더욱 편해진 생활을 이끌어 나갈 수 있었다.

어느 날, 선구자가 여느 때와 같이 인간들의 일을 돕기 위해서 인간 농장으로 왔다. 하지만, 눈앞에는 초토화되어 있는 농장의 모습이 펼쳐졌다

"세금으로 그 동안 거두었던 곡식을 모두 걷어가서 우리가 먹을 것이 없어."

동물들의 폭정에 인간들의 허리가 휘고 있었던 것이다. 이 말을 들은 선구자는 누가 가르쳐 주지도 않았는데 혼자서 동물들이 사는 곳으로 찾아갔다.

'부당한 것은 어떤 경우에도 부당한 것이야. 불의는 어떤 경우에도 정의가 될 수 없어!'

안 그래도 어머니의 이야기를 듣고 어머니가 억울하게 유배생활을 했다고 생각한 선구자의 마음속에는 정의에 대한 강한 열정이 일어나고 있던 차였다.

결투

"저기요! 저기요!"

동물들의 졸병이 숨을 헐떡이며 동물의 두목에게 달려온다.

"왜?"

"결투가 들어왔어요!"

동물 사회에서는 도전을 하고 도전을 받아주는 것이 율법으로 지켜지고 있었다. 하지만, 인간에게는 적용이 되지 않는 율법이었다.

"뭐, 인간이 결투를 신청했다고? 그것도 한 명이? 하하하!"

"그런데, 인간이긴 한데 좀 이상해!"

동물들은 무슨 구경거리라도 났다는 듯이 모여들었다. 마당에는 보통 사람보다 거대한 몸집을 가진 사내가 삼지창 하나만을 달랑 들고 옷도 제대로 입지 않은 채 서 있었다.

"뭐야? 저게 인간이야?"

"인간 모습이잖아!"

"그런데 왜 저렇게 커?"

"글쎄, 하지만, 인간 모습은 분명해!"

"어쨌거나, 저 인간이 우리 두목한테 도전을 했데."

"뭐야? 감히! 여태 우리한테 도전한 인간은 한 명도 없었는데."

"한 번 나가봐! 재미있잖아!"

"그래, 코를 짓눌러 버려!"

"뭐, 힘들 것 없잖아. 우리 눈요기도 되고! 하하하!"

"한 방에 날려버려!"

동물들은 두목의 대답을 기다리지도 않고 벌써 동물의 두목이 이겼다는 듯이 승자에게 먹이를 걸며 도박을 시작했다.

한편, 선구자가 동물에게 도전을 한다는 소식이 전해지자 인간들도 성 밖에 몰려들고 있었다.

"아이구, 어떻게! 이제 동물들이 선구자의 존재를 알게 됐어."

"뭐, 이참에 잘 됐어. 숨기느라 힘들었잖아!"

"아니, 살다 보니까 이런 일도 있구나!"

인간들은 구경을 하려고 사다리를 놓고 성벽을 올라 성벽 위를 빽 둘러서 걸터앉기 시작했다.

"저러다가 성벽 무너지겠다."

"그래, 오 분이면 끝날 테니 잠시 동안만 성문을 열어줘라!"

"어차피, 시체를 들고 가야 할 것이잖아."
"꼴좋게 돌아가겠지."

하지만, 결투가 시작하자마자 선구자의 삼지창에 달려들던 동물의 우두머리 사자는 공중으로 높이 들어 올려졌고, 곧바로 땅으로 내동댕이쳐졌다. 그리고 사자는 다시는 일어나지 못했다. 결투가 선구자의 승리로 끝나버린 것이다. 동물들은 넋이 나가서 어쩔 줄을 모르고 있었다. 인간들도 선구자의 승리에 기가 막힌 듯 입을 벌리고 담을 줄을 모르고 있었다. 세상에 고요한 정적이 흘렀다.

그렇게 얼마나 지났을 까, 정신을 차린 동물들은 부두목인 멧돼지를 중심으로 모여들었다.
"인간들을 모두 성에서 내보내고 성문을 닫아!"
멧돼지는 즉각 명령을 내렸다.
"미처 나가지 못한 것들은 그냥 죽여 버려! 성벽에 붙어 있는 것들도 밀어서 떨어뜨려버려!"
"저 거인 인간은?"
"저거? 밧줄을 가져와서 묶어라! 우리 두목을 살해한 살인자야!"
그리하여, 동물들이 우르르 선구자에게 달려들어 밧줄로 꽁꽁 묶은 후 나무에 매달았다.

계기

175

인간들은 선구자의 승리를 보고서 벼락을 맞은 느낌이었다. 차마 상상도 못하던 일들을 눈앞에서 직접 육안으로 목격을 했기 때문이다.

"지금 우리가 본 게 꿈이야 생시야?"

"믿기지가 않아!"

"동물의 권력이 절대적이 아니었어?"

"동물도 패배를 할 수가 있어!"

"두 발 인간이 네 발 동물을 이길 수 있어!"

"인간이 동물보다 열등하지 않은가 봐!"

"동물이 패배를 했는데 하늘도 무너지지 않았어!"

"하늘에서 불똥이 떨어지기는 커녕, 해가 여전히 빛나고 있어!"

"다 거짓말이었어?"

"여태 우리가 바보처럼 속았던 거야?"

"이렇게 세뇌를 당할 수도 있어?"

불의를 참지 못했던 선구자의 행동은 인간들에게 그 동안 감겨 있던 눈을 뜨게 한 계기가 된 것이다.

그리고 인간들이 달라지기 시작했다. 인간들이 더 이상 동물들을 절대적인 우상으로 숭배하지 않게 된 것이다. 겉으로 당장은 거대한 힘을 가진 동물들의 처벌이 무서워 표현을 직접적으로 하지는 못했지만 인간들이 속으로 동물들을 더 이상 존경하지 않는 다는 것은 분명했다.

동물들도 이런 인간들의 변화를 감지할 수 있었다. 동물들은 인간들이 무슨 생각을 하는지 보이지 않는 파동을 이용해서 알 수 있었기 때문이다. 애당초 동물들이 인간들 위에 군림할 수 있었던 이유도 인간들에게는 없는 파동을 감지할 수 있는 능력 때문이었다.

동물들은 불안해지기 시작했다.
"이제 어떡하지?"
"인간들을 다 잡아먹으면 되잖아!"
"그러면 일꾼이 없어지는데?"
"일꾼은 둘째 치고, 배가 터지게 먹어도 남아돌 걸?"
"그래, 그 동안 인간들이 너무나 많은 번식을 했어."
"게다가, 저걸 한꺼번에 다 죽이면 썩어서 냄새가 진동을 할 거야!"
"언제 이렇게 번식을 많이 했지?"
"왜 미개한 것들이 번식력이 좋잖아."
"그래, 인간들이 우매하다고 우리가 너무나 얕봤어."
"우리가 너무나 해이해졌었나봐."
"그런데 저 인간은 뭐야? 어떻게 저렇게 거대한 몸집을 가졌어?"
"돌연변이겠지!"
"아니야, 우리 중에 누가 적과 동침을 한 게 분명해!"
"뭐라?"
"누가 우리를 배반한 거라고!"

"맞아, 안 그러고 저렇게 거대하고 훌륭한 근육질의 몸을
가질 수가 없어!"

"나도 그렇게 생각하고 있었어!"

"도대체 누구야?"

"저 인간이 열다섯 살이 넘은 성인이잖아. 그러니 배반자
는 이미 죽었을 거야!"

"흠..."

"저런 인간이 번식을 하다가는 우리가 몰살당할 지도 몰
라!"

"그럼, 우선 저 인간이나 먼저 제거해 버리자!"

동물들이 우르르 인간 농장으로 몰려가려 하였다. 그때,
한 쪽 구석에서 듣고 있던 멧돼지가 가로막는다.

"아니야, 인간들이 지금 저 자를 신 모시듯이 숭배하고
있어."

"그러니 죽여야 한다는 거 아니야?"

"아냐, 그러면 인간들이 더 들고 일어날 거야. 불에 기름
을 끼얹는 꼴일 거라고!"

"하긴, 인간들은 앞뒤도 가리지 못하고 단순하니..."

"우매한 인간들이 어떻게 반응할 지 감 잡기가 힘들어!"

"게다가, 지금 저렇게 많은 인간들을 우리가 다 상대할
수 없잖아."

"그럼, 우리가 병력을 키울때까지만 저 자를 살려두자!"

"그래도 좋지만, 살려주지만 말고, 이용을 해야지!"

"어떻게?"

"인간들이 저자를 선구자라고 부르면서 따르고 있잖아."

"나도 결투할 때 들었어."

"그러니, 저자가 우리의 충복으로 들어오면 인간들도 우리를 옛날처럼 숭배하지 않겠어?"

"그거 좋은 생각이야. 저 많은 인간들을 상대하느니, 저자 한명만 상대하면 되니까."

"그래, 그런데 어떻게 충복으로 만들지?"

"그건 내가 한번 말해볼께. 저자가 왜 결투를 청했는지도 모르잖아."

"복종하지 않으면?"

"뭐, 충복으로 만들지 못하더라도 볼모로 잡고 인간들을 이용할 수 있잖아! 인간들은 저 자의 말을 신봉하니."

"맞아, 그게 더 좋은 생각이다!"

"그래, 그러면 우선 결투를 한 이유나 알아보자!"

제안

"당신들은 인간이 먹을 곡식을 한 톨도 남기지 않고 세금이라면서 모두 뺏어갔잖아요!"

선구자가 분에 넘쳐서 울부짖었다.

"뭐라? 한 톨도 안 남겼다고?"

멧돼지는 금시초문이라는 듯이 놀라는 표정이었다.

"그렇소!"

"그런 낭패가 있었군! 이제야 이해를 하겠소!"

멧돼지는 세금을 담당하던 쥐가 몰래 사리사욕을 채우고 있다고 생각했다.

"그럼 곡식을 돌려주겠소?"

"암, 그게 사실이라면 그래야지! 하지만, 우리가 곡식을 돌려주면 옛날처럼 우리의 규율을 지키고 아무런 문제도 야기시키지 않을 것이요?"

"인간들이 배부르게 먹을 수 있는데 문제 될 것이 뭐가 있겠소?"

"문제를 일으키지 않겠다고 약속을 하면 내 당장 곡식을 풀어서 모든 인간들이 배부르게 먹게 하리다!"

"문제는 없을 것이요!"

그리고 인간들은 그날 바로 배부르게 먹을 곡식을 돌려받게 되었다. 하지만, 청년은 여전히 묶여서 풀려나지 않았다.

"아니, 왜 나를 풀어주지 않는 것이요?"

"내가 언제 당신을 풀어주기로 약속을 했나요?"

"문제를 일으키지 말라고 약속을 하지 않았소!"

"그렇지, 풀어준다는 약속은 한 적이 없소!"

청년은 멧돼지의 꾀에 자신이 속아 넘어갔다는 사실을 알게 되었다.

"하지만, 우리에게 복종한다고 하면 인간들의 왕으로 대우를 해주겠소!"

"뭐? 왕? 우리는 왕 같은 것은 필요 없는 평등한 사회를 원하오."

"뭐? 그럼 말고."

하지만, 멧돼지는 미련이 남아 있었다. 인간의 모습을 하고 동물같이 힘이 센 특이한 생명이 매우 특별나 보였기 때문이다.

"왕이 싫으면 지도자로 대우를 해주겠소. 우리의 명령에 충성하겠다고만 맹세를 하시요. 얼마나 쉬워요? 지도자의 삶이 얼마나 편한 줄 알아요? 하하하!"

"우리 엄마는 가장 병약하고 나약한 구성원이 편하게 사는 사회가 좋은 사회라고 말씀하셨소."

"어? 그래서? 왜 동문서답이야?"

"난 우리 엄마의 종족위에 절대로 군림하지 않을 것이요!"

"아니, 누가 군림하라고 했소? 그냥 명목상으로 지도자라고 하면 되잖아요. 고지식하긴."

"나는 우리 엄마의 뜻을 절대로 저버리지 않을 것이요."

"아니, 언제 그러랬어요? 거참, 말이 안 통하네. 누이 좋고 매부 좋고, 뭐, 그런 거 못 들어봤소?"

선구자는 입을 다물고 말이 없었다.

"거참, 한심하네. 인간들이 우매하다는 것은 알고 있었지만, 아유, 답답해. 사서 고생이야! 쯧쯧!"

멧돼지는 고개를 절레절레 저었다.

계획

한편, 선구자 덕분에 배가 부르게 되었다는 사실을 알게 된 인간들은 선구자를 구출할 계획을 세웠다.

"동물들이 인간들보다 우월하지 않는 것은 이제 우리도 알겠어. 문제는 어떻게 하면 저 밧줄을 풀고 선구자를 구하는 것이야!"

"우월하지 않은 것은 아는데, 힘이 센 것은 사실이잖아."

"그러니 우리는 머리를 써야지! 지금 보니까 동물들은 머리를 쓸 줄을 몰라!"

"맞아, 선구자가 결투에서 이긴 이유도 머리를 써서 뒤에서 공격하는 척하다가 앞을 찔렀기 때문이었어! 봤어?"

"응! 우리도 뒤에서 공격을 하는 척하자!"

"무슨 말이야?"

"밤에 모두가 잠을 잘 때, 뒷문을 부수는 척하다가 앞문으로 들어가자고!"

"모두가 잠을 잘 때? 금방 깨서 달려올 텐데?"

"그래, 동물들의 귀가 얼마나 밝아!"

"달리는 속도도! 우리가 몇 발자국 띄기도 전에 잡히게 될 거야."

그리고 모두들 침묵을 지켰다. 아무도 좋은 생각이 나지 않았기 때문이다.

그때, 나이가 지긋이 먹은 한 노인이 입을 열었다.

"동물들은 음악을 몰라!"

모두가 말없이 노인을 쳐다봤다.

"예?"

"동물들이 음악을 모르는 이유가 뭔지 알아?"

"뭔데요?"

"귀가 예민해서 그렇지. 우리 인간들에게는 들리지도 않는 소리를 동물들은 듣거든!"

모두가 노인이 설명하기를 기다리고 있다.

"동물들은 인간에게 보이지도 들리지도 않는 파동을 느낄 수 있어."

모두가 무슨 말인 지 이해를 못하겠다는 듯이 눈을 반짝이며 귀를 기울였다.

"저 동물들의 두목이 멧돼지잖아?"

"맞아요. 사자가 결투에서 부상을 입고 자취를 감춘 후, 부두목이 나돌아 다니고 있어요!"

"부상을 입은 것이 아니라, 죽었을 거야. 하하하!"

"맞아, 선구자가 내동댕이칠 때 허리가 부러졌다고 들었어."

모두가 대화의 초점을 잃고 자신들이 목격한 결투얘기를 하기 시작했다. 그러자, 노인이 헛기침을 한다.

"허허, 이렇게 산만해서야... 전부 주목 해봐요!"

모두들 하던 말을 멈추고 노인을 다시 쳐다본다.

"그 부두목, 멧돼지가 말야, 쇠소리를 소름이 끼치도록 싫어하는 거 알아? 아마도 쇳소리를 들으면 걸음아 날 살려라면서 도망을 갈 거야!"

"예? 그래서 우리들 도구가 전부 나무로 만든 목기였구나!"

"그렇지!"

"그럼, 이제부터 모든 도구를 쇠로 만들도록 합시다."

183

모두가 문제를 해결 한 것처럼 기쁨의 환성을 질렀다. 그
때 노인이 모두를 조용히 시킨다.

"우선 쇠를 구해야지!"

"어디서 구하죠?"

그러자 한 젊은이가 일어서며 말한다.

"저 뒤에 철산이 있잖아요. 거기에 쇠가 많아요!"

"하지만, 운반해야 하잖아요? 동물들이 가만 놔두지 않을
거예요!"

모두들 또 다시 입을 다문다. 그때, 나이 많은 노인이 제
안을 한다.

"우리가 돌아가면서 몰래 조금씩 운반을 하도록 해야지."

"그래도 되나요?"

개별적인 행동을 평생 금지 당해왔던 인간들은 두려움에
망설였다. 동물들은 인간들의 이기주의가 사회의 악이라
간주하고 평생 개별 행동을 하지 못하도록 규제해 왔었던
것이다.

"쇠가 필요한테 그 방법밖에 없잖아요?"

인간들은 한 동안 말없이 생각에 잠겼다.

"선구자는 우리의 마지막 희망이예요!"

"그래요, 이번이 우리에게는 마지막 기회일 겁니다."

그리고 모두가 용기를 내었다.

"그럼, 일단 쇠소리를 내는 조그만 쇠방울을 만들도록 합
시다."

철산

이후, 인간들은 한 명씩 번갈아 가며 철산으로 가서 주머니 속에 흙을 숨겨 운반하였고, 얼마 지나지 않아 쇠방울을 만들 만큼의 쇠가 모아졌다. 인간들은 돌아가면서 밤마다, 동물들이 깊은 잠에 빠진 틈을 타서 열심히 쇠방울을 만들기 시작했다.

"쇠소리가 들리지 않게 하기 위해서 조심하느라 시간이 너무 오래 걸려!"

"나도 진땀 빠져."

그리고, 오랜 시간이 흐른 어느 날, 드디어 쇠방울이 완성되었다.

"들키지 않아서 다행이야!"

"소리가 너무나 작아서 우리 귀에는 들릴까말까 한데."

"그래도, 동물들의 귀에는 천둥처럼 들린데!"

인간들은 대만족을 하였다.

하지만, 다음 날, 인간 농장 전체가 발칵 뒤집혔다. 이유 없이 기쁨에 넘쳐있는 듯한 인간들을 의심하던 동물들이 불시에 인간 농장 수색에 들어간 것이다. 그리고 천에 싸여 있는 쇠방울이 동물들에게 탄로가 나버렸다.

"이런 괘씸한 인간들!"

동물들은 인간들이 쇠로 된 무기를 가지게 되는 날, 동물들이 멸종하게 될 것이라고 생각하고 있었다.

"이번 일은 가볍게 다루면 안 됩니다!"

"그래요, 인간들에게 본때를 보여줘야 합니다."

그리하여 동물들은 본보기를 보여준다면서 인간의 주모자들을 처형하였다.

"그런 계획을 세울 수 있는 노인들과 그런 도구를 만들 수 있는 기술자들을 모두 없애버려!"

그리고 멧돼지는 독수리들에게 명령하였다.

"쇠방울을 찾아서 바다에 던져버려!"

그리하여, 독수리들은 인간 농장을 쑥대밭으로 만들었다.

"한 개 밖에 없는 데?"

독수리들은 쇠방울을 가져다 보자기채로 바다에 떨어뜨렸다.

그리고 시간이 흘렀다. 현명한 지도자들과 기술자들을 잃어버린 인간들은 상심에 빠져 시간을 보내고 있다.

"이제 어떻게 하지?"

"동물들이 주기적으로 불시 수색을 해서 이제는 아무것도 못하겠어."

그때, 가장 나이가 많아 보이는 노인이 입을 열었다.

"동물들의 움직임을 사전에 포착하게 되면 동물들의 접근을 사전에 막을 수 있을 텐데."

"그러게."

"보초를 서면 되잖아."

"동물들이 우리를 여기서 한 발자국도 못나가게 하고 있는데?"

인간들은 고개를 떨구었다.

"동물들이 움직일 때마다 소리가 나면 좋은데!"

누군가가 한 쪽에서 혼잣말을 하고 있었다.

"맞아! 동물들의 목이나 발에 소리가 나는 것을 달면 되는데!"

"꼬리에 달아도 되!"

"그래, 그러면 동물들이 조금만 움직여도 소리가 날 거야!"

인간들은 기발난 생각에 마치 문제가 해결 된 듯이 기쁨을 감추지 못하고 환호를 울렸다. 그때, 심각한 얼굴을 한 중년의 남자가 벌떡 일어섰다.

"소리 나는 것이 어디 있어?"

"쇠방울이면 되는데!"

"바다 속으로 던졌는데 어떻게 찾을 수 있어?"

그 말에 인간들은 또 다시 풀이 죽었다. 그러자, 한 쪽에서 누가 소리를 질렀다.

"저번처럼 철산에서 쇠를 몰래 가져다가 쇠방울을 또 만들면 되잖아."

"그래!"

"하지만, 동물들이 철통같이 철산을 지키고 있잖아! 이제는 철산 근처에도 가지 못해!"

모두들 말이 없었다.

"게다가, 쇠방울이 있다고 해도 누가 동물에게 소리 나는 것을 달겠어? 누가 그렇게 용맹해?"

그리고 또 다시 침묵이 흘렀다.

쇠방울

그때, 항상 놀림을 받던 한 난장이가 일어서며 말한다.

"내가 해볼께!"

모두 소리가 나는 쪽으로 고개를 돌렸지만 사람은 보이지 않았다. 그러자, 옆에 앉았던 남자가 일어나서 난장이를 자기의 의자에 들어 올려놓는다.

"쇠방울이 있기만 하면 내가 달 수 있어. 나는 몸이 작아서 눈에 잘 뜨이지 않을 거야."

"하지만, 동물들은 움직임을 느낄 수 있어."

"그래, 너는 다리가 짧아서 빨리 돌아다니지도 못하잖아."

"게다가, 이런 일은 목숨을 내놓고 하는 일이야!"

인간들은 모두 흥미를 잃고 난장이를 외면했다. 하지만, 난장이는 굳은 결심을 바꾸지 않았다.

"아니야, 동물들은 나를 두더지와 구분 못해."

그 소리에 인간들이 호기심을 가지고 난장이에게 귀를 기울였다.

"어쨌거나 내가 할 수 있어. 너희들이 내가 짐도 나르지 못해서 남들보다 반밖에 일을 못한다고, 그래서 밥도 반만 먹어야 한다고 나를 얕봤지만 이제 내가 쓸모가 있다는 것을 증명하겠어! 그러니 쇠방울 만들 생각이나 해!"

그 말에 모두들 고개를 떨구었다. 인간들의 철산 접근이 금지되어있는 마당에 쇠방울을 만들 쇠조차 구할 수가 없었기 때문이다.

얼마나 지났을 까, 기나긴 침묵을 깨고 한 노인이 입을
열었다.

"저번에 버렸던 쇠방울을 찾을 수 있을지도 몰라!"

"예?"

"여기는 밀물과 썰물이 심하잖아. 바위도 있고. 쇠방울이
물에 밀려서 바위 사이에 끼어 있을지도 몰라!"

"맞아! 저번에 물고기도 밀물에 들어왔다가 나가지 못해
서 갇혀 있었어!"

"그럼 내일 당장 바닷가로 가서 방울을 찾아보자!"

호기심

그리고 몇 주가 지났다.

"요새 인간들이 그렇게 수영을 즐기고 있네?"

저번 쇠방울 사건 이후, 동물들은 인간들의 일거수일투족
을 감시하고 있었다.

"그냥 수영만 하는 거야? 다른 낌새는 없어?"

"어, 뭐, 이상한 점은 없는 거 같은데? 항상 맨몸으로 가
서 수영을 하고 맨손으로 오던데?"

"몸에서 열이 나나?"

"인간들은 털이 없어서 피부가 금방 더러워진데!"

"몸을 씻는 거니까 그냥 내버려 뒤!"

"그래, 인간들이 위생적이어야 병도 안 생겨."

"그렇게 겁을 줬는데. 지네들이 또 무슨 짓을 할 수 있겠
어?"

"이제는 신경 쓰지 않아도 될 거야."

덕분에 인간들은 마음 놓고 쇠방울을 찾아 돌아다닐 수가 있었다. 그리고 어느 날, 인간들은 드디어 바위 틈 사이에 낑겨있는 쇠방울을 발견하게 된다.

"보자기 안에 쇠방울이 그대로 있어!"

인간들은 기뻐서 어쩔 줄을 몰랐다.

이후, 인간들은 한 동안 동물들의 말을 잘 따르며 문제를 일으키지 않았다. 동물들을 안심시켜서 아무런 의심도 하지 않겠끔 하기 위함이었다. 인간들은 머리를 써서 동물들을 제압하는 법을 터득한 것이다.

"인간들이 정말로 조용해졌어."

"이제는 정말로 아무 걱정 안 해도 될 것 같아."

"이제서야 인간들이 지네들 위치를 깨달았나봐!

"그러게. 지네들이 뛰어봤자 벼룩이지. 하하하!"

"이제, 저 거인은 쓸모없는 거같아. 제거해 버리자!"

모두가 승리의 쾌감에 젖어 흥분하고 있었다. 그러자 멧돼지가 모두를 자중시켰다.

"아니야, 조금만 더 나둬 봐! 만약의 경우를 위해서... 인간들이 갑자기 조용한 게 더 이상해!"

"괜찮아, 걱정 할 필요 없어. 인간들은 원래 그렇게 한방에 불이 붙었다가 꺼질 때는 푹 꺼져버려!"

"맞아, 그래서 우리의 세뇌 교육이 성공적이었잖아. 인간처럼 나약하고 우매한 생명은 없을 걸?"

"그래도! 나중에 제거해도 늦지 않아."

멧돼지가 강력하게 반대를 하자 동물들은 할 수 없이 멧돼지의 말에 복종하였다. 멧돼지는 인간의 모습을 하고 동물같이 힘이 센 특이한 생명에 많은 호기심을 가지고 있었다.

'선구자가 나에게 복종을 하지 않으니... 내가 저런 후손을 가질 수 있다면...'

멧돼지는 두 발로 걷고, 두 손을 사용할 수 있는 인간이 더 효율적이라는 사실을 잘 알고 있었다.

멧돼지는 인간 여자들을 주의 깊게 관찰하기 시작했다.

'저 인간 여자가 튼튼한 아이를 출산 할 거 같은데...'

이후, 거의 매일 멧돼지의 명령으로 인간 여자들이 한 명씩 호출되어 갔고, 불려갔던 인간 여자들은 인간 우리에서 떨어진 특별 수용소에 감금되었다.

"아니, 왜 한 명씩 불러가지?"

인간들은 모두 의아해 했지만, 아무도 정확한 이유를 몰랐다.

난장이

그렇게 몇 달이 지났다. 난장이가 쇠방울을 천에 싸고 있다. 드디어 역사의 날이 다가 온 것이다. 난장이는 천에 싼 쇠방울을 등에 매고 몰래 인간 우리를 나와서 동물의 거처로 기어갔다. 인간들이 말을 잘 듣자 보초를 서던 동물도 해이해져 잠을 자고 있었다.

'들키더라도 두더지 행세하면 그냥 지나칠 거야!'

난장이는 기어서 멧돼지의 침실로 들어가서 자고 있는 멧돼지의 발목에 쇠방울을 묶고는 감싸고 있던 천을 풀었다.

'이제 조금만 움직여도 쇠소리가 나겠지.'

그리고 얼마 지나지 않아 쇠방울 소리가 진동을 했다. 멧돼지가 몸을 돌아눕다가 소리가 난 것이다. 멧돼지는 쇠방울 소리에 놀라 일어나 흥분하여 날뛰었다. 덕분에 쇠방울은 더욱 더 큰소리를 내며 요동을 쳤고, 이에 쇠소리에 민감하던 다른 동물들도 잠에서 깨었다. 그리고 기겁을 하고 날뛰는 멧돼지를 보고서 멋도 모르고 두려워 같이 날뛰었다.

멧돼지는 이리 뛰고 저리 뛰다가 쇠방울 소리를 피한다고 산속으로 올라가버렸다. 하지만, 멧돼지는 자기 발목에 매여 있는 쇠방울 소리로부터 결코 도망을 갈 수가 없었다. 산으로 모습을 감추는 멧돼지를 보고 다른 동물들도 모든 것을 팽개치고 멧돼지를 따라서 도망쳤다. 쇠소리를 피한다고 도망쳤지만, 쇠소리를 내고 있는 멧돼지를 따라갔기에 쇠소리는 점점 더 가까워졌고 동물들은 그 소리를 참을 수가 없었다. 몇몇 간신 동물들은 쇠소리에 민감하지도 않으면서 같이 도망갔다.

'현명하고 용맹무쌍한 부두목이 겁을 낼 정도면 우리는 상대도 안 될 거야.'
왜 도망가는 지도 모르고 무조건 멧돼지를 따랐던 것이다.

절벽 끝까지 오르도록 쇠방울 소리를 피하지 못한 멧돼지는 두통으로 비실거리더니 귀를 감싸며 방향을 잃고 날뛰다가 결국 절벽에서 떨어져 바다에 빠져버렸다. 다른 동물들도 어둠 속에서 절벽이 앞에 있는 지도 모르고 멧돼지를 따라가다가 모두 절벽 아래로 떨어졌다. 쇠소리는 더 이상 들리지 않았다.

시대

아침이 되었다. 쇠소리에 민감하게 반응을 하지 않아 뒤에 남게 된 동물들은 눈을 뜨자마자 시대가 바뀐 것을 알아차렸다. 선구자를 선두로 한 인간들이 지배하는 인간 시대가 문을 연 것이다.
"동물들은 여지껏 우리에게 거짓을 가르쳐왔어."
"거짓은 군주가 추구하는 노예 사회를 만들어!"
"모두가 자유로운 사회에서는 진실이 최우선 되어야 해!"
"진실은 자유로운 인간에게는 절대적인 신이야!"

인간들은 선구자의 도움으로 목기보다 든든한 쇠도구를 만들었고, 남아있는 동물들을 가축으로 이용하며 밭을 갈

기도 하고 논을 매기도 하고, 영양가 있는 우유를 받아 마시기도 하면서 어울러 살았다.

한편, 산으로 올라간 동물들 중, 절벽에서 떨어졌어도 근근이 살아남은 동물들은 인간들이 만드는 쇠소리가 들리지 않는 깊은 산 속으로 들어가 번식을 하면서 조용히 살아갔다.

그리고 몇 달이 지났다. 특별 수용소에서 아기들의 울음 소리가 쏟아져 나오기 시작했다.

왕자

미거

오늘도 왕자는 성안을 산보하고 있었다. 그때, 성문을 지키는 졸병에게 몰매를 맞고 있는 소년이 보였다.

"무슨 일이냐?"

"아, 예, 이 도둑놈이 몰래 성으로 들어오려고 해서요."

그때 소년이 울면서 하소연을 한다.

"용서해 주세요! 배가 고파서 그만... 저기 밥이 보여서 넘어서는 안 되는 문 인줄 알면서도."

왕자는 소년이 가리키는 곳을 돌아보았다. 먹음직스럽게 김이 모락모락 나는 주먹밥이 진열대에 널려 있었다.

"이리로 데려오너라!"

왕자는 진열대로 걸어갔다. 졸병이 소년을 데리고 왕자를 따라가자 왕자는 주먹밥을 하나 사서 소년에게 쥐어줬다.

"감사..."

소년은 배고픔에 감사하다는 말을 끝맺지도 못하고 먹느라 정신이 없었다.

왕자는 소년을 뚫어지게 쳐다보았다. 가지고 있는 보따리를 꼭 잡고 있는 소년의 머리는 빗지 않아서 새가 둥우리를 튼 것 같고, 입은 옷은 낡을 대로 낡아 있었다.

'얼마나 오랫동안 씻지 않았으면...'

안 그래도, 왕자는 백성들의 삶에 많은 호기심을 가지고 있던 차였다.

"네 이름이 무엇이냐?"

"예, 저 미거라고 합니다."

"그 보따리에는 무엇이 들었길래 그렇게 애지중지 하느냐?"

"예? 아, 이것은... 이것은, 그러니까, 이게, 바로... 그러니까 우리 형 혼인 옷이예요. 다음 주에 혼인을 하는데 이웃 마을에 있는 삼촌에게 가서 옷을 받아오라고 해서 갔다 오는 길입니다."

그리고 미거는 자랑이라도 하듯이 옷을 펴보였다.

"허, 이웃 동네에는 그런 옷을 입느냐?"

"예? 이런 옷을 처음 보세요? 우리 동네에도 많이 있어요. 이것 보세요, 정말 편해요."

"그래? 그렇게 편해?"

"예, 한 번 입어 보실래요?"

"아니, 남의 혼인복을 내가 왜?"

"한 번 입어보세요. 밥을 사 주신 고마움에 대한 보답을 해야 하는데, 다른 것은 없으니 이것이라도."

미거는 조금의 주저도 없이 옷을 집어 왕자의 몸에 대보았다.

"왕자님이 꼭 저의 형 같아요!"

그때, 왕자의 눈에 자신의 옷을 빤히 쳐다보고 있는 미거의 모습이 보였다.

196

"입어보고 싶은 게로구나?"

"예?"

미거가 기겁을 한다.

"제가 어떻게? 감히."

"그럼 말고!"

"아니, 그게, 저, 입어보고 싶기는 하지만..."

"그럼, 한 번 입어 보거라. 인생에 단 한번 기회야. 하하하!"

"아닙니다. 아니, 그래도 될까요?"

"아 참, 하지만, 먼저 목욕을 하거라."

"예? 그래도 될까요?"

미거는 주춤하면서 같은 질문을 반복하였다. 하지만, 미거는 왕자를 뒤따르며 목욕탕을 찾아 두리번거리고 있었다.

'이런 기회는 다시는 없을 거야.'

잠시 후, 미거가 목욕탕에서 나오자, 왕자는 옆에 벗어 두었던 옷을 건넸다. 미거는 냉큼 왕자의 옷을 받아 입었다. 미거는 도둑놈의 근성을 가지고 있었기에 눈앞에 놓여있는 값비싼 물건은 무조건 손아귀에 쥐고 보는 것이 버릇이 되어 있었다.

거울 앞에서 자신의 모습을 보던 미거가 이제는 왕자에게 평민의 옷을 입도록 부추겼다.

"군사들이 모두 속아 넘어 갈 거예요."

"뭐라고?"

"나가 보세요. 군사들이 저 인줄 알거예요. 나중에 왕자님임을 알고 기겁하는 모습이 재미있을 것 같아요!"
그 소리에 호기심이 났던 왕자는 미거가 내미는 평민 옷을 입고는 미거와 나란히 거울 앞에 서서 자신의 모습을 보았다.
'뭐야, 쌍둥이 같잖아?'
왕자의 모습을 본 미거의 머리속에 벌써 사기극이 전개되고 있었다.

거리

왕자는 미거에게 매질을 하던 졸병에게 다가갔다.
"으험!"
졸병은 소리가 나는 쪽을 보더니 평민 복을 입은 왕자에게 호령을 하기 시작했다.
"아니, 이 쪼그만 게 아직까지 여기서 뭐하고 있어? 당장 꺼지지 못해?"
왕자는 웃음이 나오는 것을 참을 수가 없었다.
"너 말이 맞아. 하하하!"
왕자는 웃으면서 옆에 있는 미거에게 얼굴을 돌렸다. 그러자 졸병은 화가 나서 왕자의 팔을 끌었다. 그래도 옆에 서 있는 미거의 만류가 없자, 졸병은 왕자의 허락을 받았다고 생각하고 왕자를 아예 성 밖으로 쫓아내 버렸다.
"다시는 이 근처에 얼씬 거리지 말아. 아까는 너가 운이 좋았지만 그런 운이 다시 있을 줄 알아?"

왕자는 땅에 내팽개친 채로 눈을 동그랗게 뜨고 웃음을 참으려 애썼다. 그리곤 일어나서 성안으로 들어가려고 했다.

"그래, 됐어. 이제 들어갈 테니 장난 그만해."

"뭐야? 이게 돌았나?"

졸병은 또 다시 왕자를 거리로 밀어냈다. 왕자는 잠시 멈칫했다.

"내가 뭐가 부족해서 너 같은 녀석하고 장난을 하냐? 돌아도돌아도 보통 돈 게 아니야."

"나를 못 알아보겠어? 나는 이 나라의 왕자라고! 저기 저 소년한테 물어봐!"

왕자는 미거를 찾아보았다. 하지만, 미거는 온데간데 없었다.

"이게, 곱게 대해 주니까 한도 끝도 없어."

"아니, 이 나라의 왕자에게 이게 무슨 무례한 짓이냐?"

왕자는 조바심이 났다.

"성 안에서 아까 그 소년을 찾도록 하여라!"

"야, 내가 너 어디 사는 지 다 알거든? 집을 쑥대밭으로 만들어 놓기 전에 조용히 집으로 가시지."

"뭐라고?"

"그래도 이게 정말!"

왕자는 얼핏 자리를 피했다. 자신에게 돌격해 오는 졸병이 겁이 났기 때문이다. 그리고 왕자는 미거를 열심히 찾았다.

"야, 미거? 거기 있는 거야? 빨리 나와서 말 좀 해줘!"

하지만, 아무런 대답도 없었다.

상인

성을 뒤로 한 채, 왕자는 어디로 갈지도 모르고 한 곳에
쪼그리고 앉아버렸다. 날이 저물어 어두침침해지자, 왕자
를 미거로 착각한 동네 깡패들이 몰려와서 괴롭히기 시작
했다.

"내가 훔치라던 옷은 어딨어?"

"난 왕자야. 사람을 잘 못 본 거라고."

"이게 결국 정신이 돌았구나."

"여태 돌아다니면서 옷도 없이 뭐하고 다녔어?"

그때, 소년들이 왕자를 때리다가 멈칫한다.

"어, 이것 봐. 새 옷인데?"

"뭐? 훔치라던 옷을 네가 입은 거야? 이게 정신이 돌았나?
이게 얼마나 비싼 건데!"

"그리고 보니까 이게 머리랑 얼굴이랑 전부 씻었어?"

"어? 정말! 이게 어디 가서 뭔짓을 하다가 온 거야?"

그리고 소년들은 왕자를 더욱 더 적극적으로 때리기 시작
했다.

"아니야, 난 진짜로 이 나라의 왕자야. 너희들이 찾는 애
가, 미거, 미거 맞지?"

소년들은 듣는 둥 마는 둥 왕자를 발로 차고 손으로 때리
고 있었다.

"나중에 너희들 모두 감옥에 투옥할 거야."

왕자는 얼굴을 가리면서 소리를 질러댔다.

그때, 한 상인이 지나가다가 왕자의 울부짖는 소리를 들었다.
"그렇게 여러 명이 한 명을 괴롭히면 쓰나? 치사하잖아?"
상인의 출현에 놀란 소년들은 줄행랑을 쳤다. 왕자는 일어설 기운도 없이 땅에 누워있었다.
"이제 집에 가봐라."
왕자는 감았던 눈을 뜨고 상인을 보았다.
"나를 성안으로 들어가도록 도우면 당신을 군수로 임명하겠소!"
"하하하! 농담도 야무지게 하는 군."
"농담이 아니요."
"집이 어디야? 데려다 주련? 많이 다쳤어?"
"내 집은 저기 보이는 저 성이요."
"너가 그렇게 입을 놀리니까 저런 무리한테 얻어터지는 거야."
"군수 자리를 준다니까?"
상인은 왕자를 뚫어지게 쳐다보더니 소용이 없다는 듯이 일어나 걸어갔다.

왕자는 얼른 일어나서 상인을 뒤따랐다. 거리로 내 쫓긴 마당에 세상에서 단 한 명 믿을 수 있는 사람이라는 생각이 들었기 때문이다.
"왜 따라와? 갈 곳이 없어?"

"당신은 무엇 하는 사람이요?"

왕자는 상인이 끄는 수레에서 원숭이와 거위를 발견하고 호기심이 났다.

"감히 반말이야?"

상인은 기분 나쁘다는 듯이 왕자를 노려보았다.

"고맙다는 말도 한마디 없이..."

하지만, 왕자는 조금도 굽힘없이 상인을 똑같이 노려보았다.

"그래, 나이가 어려서, 아니, 불쌍해서 봐줬다."

상인은 왕자가 바보라고 확신했다.

"뭐하는 사람이냐고 묻지 않소?"

"교육을 못 받으면 저렇게 된 다니까?"

"뭐하는 사람..."

왕자가 반복 된 질문을 하자 상인은 짜증이 난다는 듯이 내뱉았다.

"아, 장사하지 뭐하겠어? 보면 몰라?"

"짐승을 판매하는 것이요?"

"어? 걔네들은 내 친구야. 개는 수명이 짧아서 정들면 죽더라고..."

"그럼 무슨 장사요?"

"왜, 관심있어?"

상인은 뿌듯해 하면서 원숭이가 앉아 있던 상자의 뚜껑을 열어 보였다. 거기에는 비단이 가득 들어 있었다.

"잘됐소! 이 비단으로 내 옷을 당장 만들어 주시요."

"너 옷? 꿈도 야무지지! 너가 죽었다 깨어나도 이런 옷은 못 입을 걸?"

"그럼 누가 입을 수 있소?"

"저기, 저 귀공자들, 저곳에 사는 귀부인 같은 사람들, 알기나 해?"

상인은 마치 머리속으로 상상을 하듯이 허공을 보며 말하고 있었다.

"얼마면 되겠소?"

"뭐가?"

"얼마를 주면 내게 옷을 만들어 줄 수 있소?"

"너가 평생 번 돈을 줘도 못 만들어 줘."

"내가 약속하리다. 내게 옷을 만들어 주면 당신에게 군수 자리를 내 주겠소."

상인은 이제는 거의 포기 상태로 왕자를 쳐다보았다.

"거짓말도 분수껏 하라는 얘기 들어봤어? 처음에는 재밌었지만 이제는 귀찮다. 그만해."

태자

'내가 실종 된 줄 알고 분명히 나를 찾으러 다닐 거야.' 왕자는 속으로 안심을 하고 있었다. 하지만, 일주일이 지나고 한 달이 지나도 아무런 수색의 기미가 보이지 않았다.

"방도 써 붙이지 않고 있어. 내가 실종 된 줄 모르나? 설마, 미거가 내 행세를 하고 있는 거야? 도와줬더니 이게 감히, 괘씸한 것. 당장 찾아가서 벌을 내려야겠어.'

하지만, 왕자는 성의 근처에도 접근을 할 수가 없었다. 미거가 자신을 해하려는 나쁜 사람들이 있다는 명분을 내세워 성의 보안을 철통같이 강화시켰기 때문이다.

"도둑이 날 뛰고 있다. 성의 보안을 더욱 더 철저하게 해라! 개미 한 마리도 몰래 들어오지 못하게 하렸다!"

그리하여 왕자가 성으로 복귀하려는 시도는 매번 수포로 돌아갔다.

그러던 어느 날, 태자가 곧 왕위에 오른다는 소문이 마을에 떠돌아다녔다.

"큰일 났다. 아무도 미거가 가짜라는 것을 모르나봐! 이러다가 미거가 왕위에 오르게 생겼어."

왕자는 발을 동동 굴렸다. 하지만, 왕자에게 접근할 방법은 전혀 없었다.

'우리 군사들의 방위가 이렇게 좋구나!'

왕자는 한편으로는 뿌듯했고, 다른 한편으로는 답답했다.

그렇게 시간은 흘렀다. 왕자는 새생활에 적응을 하게 되었다. 하지만 단 한 순간도 성으로의 복귀를 포기한 적이 없었다.

행차

어느 날, 왕과 태자가 마을로 행차를 나왔다.

"시간이 참 빨라. 왕자가 하루가 다르게 자라고 있으니. 저번에 봤을 때는 어린이였는데 이제는 벌써 청년이야."

"뭐라고?"

왕자는 상인의 말에 창가로 다가갔다. 왕자 행세를 하면서 백성들에게 손을 흔들어 보이고 있는 자는 자신과 옷을 갈아입었던 미거였다.

'맙소사. 아무도 저 애가 가짜라는 것을 발견하지 못했구나!'

왕자는 밖으로 뛰어 나갔다.

'성으로 들어가지 못하니 이렇게 좋은 기회가 없어.'

하지만, 왕자가 미거에게 다가가려는 순간, 군사들에 의해서 제지를 당하였다.

군사들의 소동에 미거가 뒤를 돌아보다가 왕자와 눈이 마주쳤다. 그러자, 미거가 기겁을 하고 소리 지른다.

"왕을 해하려는 자다. 왕을 보호해라! 저 자를 잡아라!"

미거의 말이 떨어지기가 무섭게 군사들은 왕자에게 달려들었고 왕자는 잽싸게 도망쳤다.

'쟤는 분명히 정신병을 앓고 있어. 어린 나이에 불쌍하게...'

멀리 창가에서 왕자의 모습을 지켜보던 상인이 속으로 생각한다.

얼마 후, 왕자가 숨을 헐떡이며 상인의 집으로 돌아왔다.
'여기에 있다가는 내 목숨까지 위험해!'
이후, 왕자는 상인을 따라서 먼 곳으로 장사를 떠났다. 어떤 때는 오랫동안 돌아오지 못하기도 했다.
'먹고 살기 위해서는 할 수 없어.'
그런 와중에 왕자는 백성들이 사는 모습을 구석구석 경험하면서 보완할 점과 개선할 점들을 알게 되었다.
"일반 사람들은 이렇게 사는구나. 나중에 나라를 다스릴 때 많은 도움이 되겠어!"
그리고 왕자는 자신이 성에서 나오게 된 이유에서부터 시작해서 여행 일기를 쓰기 시작했다.

세월은 그렇게 흐르고 있었다. 왕자는 오늘도 상인과 함께 세상 곳곳을 돌아다니고 있었다.

보석

왕의 즉위식을 며칠 앞둔 어느 날, 미거는 성안의 보석들을 훔쳐서 하인의 옷을 입고는 몰래 성벽을 뛰어 넘었다.
왕자의 행세를 하고는 있었지만, 막상 왕으로 즉위를 할 것이라는 소식을 전해 듣자 겁이 났던 것이다.
'잘 먹고 잘 살면 되지, 귀찮은 정치는 하고 싶지 않아!'

게다가, 야생에서 자유를 누리며 살던 미거에게는 절제를
해야 하는 궁궐의 생활이 몸에 베이지 않아 불편하던 차
였다.

'아무리 화려해도 맨날 공부해야 하는 이런 생활은 싫어!'

성안의 엄격한 규율에 숨이 막혔던 미거는 도둑의 본성으
로 돌아가 가벼운 발걸음으로 익숙한 시장 바닥을 활보하
였다.

"야, 이제야 숨을 쉴 수 있어!"

시장에서 살기 위해 애를 쓰는 사람들의 모습이 보이자
미거는 옛 기억이 되살아났다.

'내가 옛날에 저렇게 살았었다니, 믿어지지가 않아.'

그리고, 자신을 괴롭히던 깡패들이 생각났다.

"아차!"

소년은 곧바로 항구로 가서 가장 빨리 떠나는 배에 올라
탔다. 시장에 있다가는 자신을 쫓아 뜯어 먹던 깡패들에
게 성에서 도둑질 한 모든 보석을 뺏길 것이라고 생각했
기 때문이다.

부족

배에 올라 탄 소년은 한 외국 상인을 만나게 되었고, 상
인은 자신의 나라 왕에게 미거를 소개해 주었다.

'왕이라고 해봤자 부족장에 불과해! 허 참, 이렇게 조그만
나라도 있었구나!'

왕족들은 동방의 풍습을 배우고자 하였고, 미거는 그 동안 왕자의 자리에서 배운 동방 왕족에 대한 지식을 비롯하여 시장에서 줏어 들었던 평민들의 지혜를 동방의 발달한 풍습이라고 전해 주었다.

"우리 나라에서는 원숭이를 비롯한 동물을 숭배하지 않아요. 원숭이는 한낱 짐승에 불과합니다."

자신들의 왕족 풍습이 세계 최고라고 우물 안의 개구리처럼 세뇌되어 있던 사람들은 놀라움을 금치 못했다. 그리고, 그토록 오래 된 동물 숭배 전통을 하루 아침에 버리고 미거가 가르친 동방의 풍습을 금세 받아들였다.

"동방의 지식이라니까 두 말없이 모방하네!"

이후, 미거를 동방의 왕족이라고 간주한 사람들은 모든 면에 걸쳐서 미거에게 조언을 구하러 왔다. 미거가 스승처럼, 의사처럼, 제사장처럼, 성인처럼, 어떤 때는 왕처럼 존경받게 된 것이다.

"여기서 정착을 해도 되겠어!"

미거는 많은 보석을 왕에게 상납하고 그 댓가로 귀족의 직위를 받아서 왕의 딸과 결혼까지 하였다. 그리고 얼마 후, 왕이 죽자, 미거가 왕의 자리에 올랐다.

"내 그대들의 청이 갸륵하여 그대들을 위해서 왕위에 오르겠소!"

왕이라도 거대한 성이 아니라 조그만 텐트 안에 살았고 매일 공부를 하며 절제된 생활을 할 필요가 없었기 때문이다.

'내말이 곧 법이야! 하하하!'

이후, 미거의 후손들은 그 나라의 왕족으로 대물림을 하였고, 동물을 숭배하며 원시적으로 살던 나라를 문명사회로 발전시킨 위대한 왕 미거에 대한 신비한 탄생신화들이 만들어져 동방까지 전해졌다.

팔스

한편, 성안에서 왕자의 시중을 들던 신하, 팔스는 왕자가 옷만 남기고 사라졌다는 사실을 알게 된다.
'평민의 옷을 입고 성 밖으로 나간 것 같아.'
팔스는 물론 미거가 왕자라고 생각하고 있었다. 왕자가 성에서 나간 후 미거의 요청에 의해 새로 부임했었기 때문이다.

팔스는 자신이 받을 벌이 무서워 미거가 실종되었다는 사실을 왕에게 고하지 않았다.
'왕에게 고하면 난 사형감이야.'
팔스는 미거의 행방을 혼자서 수소문하기로 결심하고 자신도 평민의 옷으로 갈아입고 시장으로 미거를 찾아 나섰다.
'내일 왕자가 공식적으로 참석을 해야 하는 모임이 있는데, 큰일이다.'

하지만, 해가 기우는 저녁이 되어도 미거를 찾을 수가 없었고 팔스는 한 줄기 가느다란 희망에 매달린 채 성으로 돌아와야 했다.

'호기심으로 길거리를 돌아다니다가 오늘 밤에는 돌아오실 거야.'

팔스는 노심초사 발을 동동 구르며 잠을 이룰 수가 없었다.

다음 날, 거의 밤샘을 한 팔스는 새벽에 해가 뜨자마자 일어나 미거의 방으로 가보았다. 하지만 미거는 여전히 없었다. 팔스는 아침도 거르고 또 다시 미거를 찾으러 시장으로 나섰다.

거짓

뙤약볕이 내리찌는 오후가 되자 팔스는 다리가 아파왔다.

'하루 종일 헤맸더니 이제는 발이 아파서 더 걷지 못하겠어.'

안 그래도 잠을 자지 못해서 피곤하던 차였다. 팔스는 한 구석에 앉아서 거리를 눈으로만 샅샅이 뒤졌다. 그때, 시장 한 쪽에서 눈에 익숙한 사람이 보였다.

'왕자다! 아이구 살았다!'

팔스는 벌떡 일어나 한 걸음에 달려갔다. 그때, 왕자라고 생각했던 사람 옆에서 걸어가던 사람이 손을 내밀며 다가왔다.

"이게 얼마만이야? 어떻게 밖으로 나왔어? 성에서 산다고 들었는데?"

팔스의 사촌이었다. 사촌과 그의 아들 둥샤가 물건을 사러 시장에 나온 것이다.

'내가 둥샤를 왕자로 착각했어? 피곤해서 헛것을 보는 건가?'

팔스는 눈을 비볐다.

'어쩜! 키나 머리 형태나 옆모습이 왕자와 너무 비슷해.'

팔스는 자신의 눈을 믿을 수가 없었다. 그리고는 둥샤를 빤히 쳐다보았다.

"이 사람, 정신을 어디다 놓고 다니는 거야? 하하하! 잘 지냈어?"

"어? 어! 아, 그럼. 잘 지냈지. 얼마나 편한데."

"아직 성안에 사는 거야?"

"으? 아, 그럼!"

"아무렴, 그렇겠지."

사촌은 부러운 마음이 들었지만 속내를 보이지는 않았다.

'큰일이야. 이제 곧 잔치가 시작될 텐데.'

겉으로는 사촌과 대화를 하고 있었지만, 팔스는 속으로 왕자에 대한 걱정에 가슴이 타들어갔다.

사촌은 오래 간만에 만난 팔스에게 그 동안 있었던 일들을 말하고 있었다. 하지만, 팔스는 왕자 걱정에 사촌의 이야기를 한 귀로 듣고 한 귀로 내보내고 있었다. 그때, 팔스에게 퍼뜩 흑심이 일어났다.

'잔치만 대신 참석하게 해서 위기만 넘기자. 그리고 왕자
를 찾아도 될 거야.'
팔스는 자신의 계획을 정당화 하였다. 팔스는 왕자의 신
변을 걱정하는 것이 아니라, 자신이 받을 벌을 기피할 생
각만 하고 있었던 것이다.

팔스는 열심히 떠들고 있는 사촌 앞에서 둥샤에게 왕자
행세를 시킬 계획을 곰곰이 생각했다.
'먼발치에서 인사만 하고 몸이 안 좋다고 방으로 데려오
면 돼. 왕과 왕비 외에는 아무도 고개를 들고 왕자의 얼
굴을 쳐다 볼 수 없으니 가능해! 내 눈도 속았는데 뭐! 게
다가, 왕비가 몸이 아파서 알현을 못하고 있잖아! 하늘이
나를 돕는구나! 하하하!'

사기

팔스는 둥샤에게 성안을 구경시켜 준다고 말하고 사촌과
헤어졌다. 팔스는 둥샤를 성으로 데려가서 부랴부랴 목욕
을 시키고 왕자의 옷을 입혔다.
"성에서는 누구든 깨끗하게 하고 있어야 예절을 지키는
거야."
팔스는 어리둥절해하고 있는 둥샤에게 거짓 설명을 하였
고, 어린 둥샤는 팔스의 말을 그대로 믿었다.
'안심이다. 죽으란 법은 없구나. 휴!'

왕자의 옷을 입고 있는 둥샤는 멀리서 얼핀 보면 왕자의
모습을 그대로 가지고 있었다.

'아무도 의심하지 못할 거야. 하하하!'

팔스는 자신이 왕자의 부모는 물론 백성과 온 나라를 상
대로 사기를 치고 있다는 생각을 못하고 있었다.

"상류 사회 예의범절을 하나 가르쳐 줄까?"

"예!"

"지나가는 사람들이 몸을 굽히면 이상하게 생각하지 말고
고개를 끄떡이기만 하면 돼. 같이 몸을 굽히면 절대 안돼,
알았지?"

둥샤는 평생 누려 보지 못할 상류 사회를 경험한다는 생
각에 흥분되어 팔스의 말을 충실하게 따랐다.

스승

시간은 흘렀고, 시름시름 앓던 왕비가 결국 병으로 죽었
다. 그리고, 이를 상심해 하던 부왕도 얼마 지나지 않아
죽어서, 태자가 왕으로 등극하게 되었다. 둥샤가 왕이 된
것이다. 그 동안 왕자를 찾지 못한 팔스는 사촌과 둥샤에
게 자초지종을 말한 후, 함께 대사기극을 실행에 옮겨왔
다. 성안의 생활을 부러워했던 사촌은 물론 팔스의 계획
에 아무런 반대도, 주저도 없이 동참했다. 둥샤는 이제 팔
스와 함께 온 세상을 상대로 사기를 치는 공모자가 된 것
이다. 왕위에 오른 둥샤는 팔스의 지시대로 왕자의 신하

였던 팔스를 24시간 왕을 보좌하는 대신의 자리에 앉혔고, 자신의 아버지에게도 직위를 하사하여 부를 누리게 하였다. 아무도 등샤가 가짜라는 사실을 상상조차 못하고 있었다.

하지만, 등샤가 왕자가 아니라고 알아본 신하가 한 명 있었다. 그는 미거가 왕자 행세를 할 때 새롭게 스승으로 임명을 받았던 학자였다. 즉, 그는 진짜 왕자를 한 번도 만나본 적이 없었던 것이다. 단지, 미거가 성년이 될 때까지 몇 년 동안 같이 있었던 스승이라 등샤가 자신이 가르치던 학생이 아니라는 것을 금세 알아 볼 수 있었다.
'왕자가 바꿔치기 됐어... 누구의 계략이지?'
스승은 등샤의 정체를 노출하려고 하였다. 하지만, 가짜 왕에 의해 왕권이 강화되어 있던 터라 아무도 옛날 스승의 말에 귀를 기울이지 않았다. 그리고, 얼마 지나지 않아 스승은 궁궐 옆의 연못에서 시체로 발견되었다.
"나이가 많아서 실족사를 하신 거야."
"밤에 산보를 자주하시더니 결국..."
"훌륭한 학자 한 명을 잃었어."
왕은 스승의 죽음을 애도한다는 듯이 시를 지어 발표했다.

한편, 왕을 대신해서 정치를 하던 대신은 허영심에 들떠서 주위의 작은 부족국가들의 사신들을 초청하여 잔치를 벌이기 시작했다. 그 중에는 미거를 왕으로 떠받들고 있던 부족국도 있었다. 그리고 얼마 지나지 않아, 무분별한 동맹으로 인해 쏟아져 들어 온 외국인들에 의해서 나라안은 하루가 다르게 어지러워지고 있었다.

그러던 어느 날부터, 왕족들에 대한 이상한 소문이 떠돌아다녔다.
"부왕을 하나도 안 닮았어!"
"품성이 영 왕족이 아니야!"
"마치 교육을 제대로 받지 못한 것 같아!"
"부왕이 하늘에서 가슴을 치고 통곡하시겠다."
그래도 왕위는 여전히 가짜 왕에 의해서 세습되어 내려갔다.

발굴

오랜 시간이 흘렀다. 아파트 부지 공사 중 고대인의 뼈와 함께 고대 문서가 발견되었다. 문서는 많은 훼손이 되어 있어서 완전한 복구가 불가능했다. 하지만, 학자들은 문서 표지에 적혀있는 이름을 보고서 발견된 뼈가 왕족의 뼈라고 확신하였다.
"왕이 평민의 생활에 깊은 관심을 가지고 마을을 행차할 때마다 적은 기록 같습니다. 마을을 직접 경험해보지 않으면 모를 정도로 굉장히 자세하게 묘사되어 있거든요. 신하로부터 전해 듣기만 했다면 이렇게 세세한 기록을 할 수 없었겠죠."

"왕이 적은 일기 형식의 기록입니다. 역사 기록 정사에도 같은 이름의 왕자가 존재했었어요. 단지, 여기 적힌 년도로 보면 왕위에 즉위한 후인데도 왕자의 이름을 그대로 사용한 것이 의문스럽기는 합니다."

하지만, 왕족의 뼈가 거대한 무덤이 아닌 초라한 평지에서 발견된다는 것은 있을 수가 없다고 부인하는 학자들도 많이 있었다.

"왕족의 무덤이라고 보기에는 석연치 않은 점이 한두 가지가 아니예요. 예를 들어서, 왕족이면 당연히 있었을 귀중품이 전혀 발견되지 않았습니다. 게다가, 묘비도 발견되지 않았고, 묘비가 있었던 흔적도 없습니다."

"머리 모양이며 입었던 옷조각, 손톱을 다듬은 정도, 이빨의 영양 상태를 봐서도 왕족이라고 결론 내리기에는 무리가 있습니다."

"가장 이상한 점은, 사람의 뼈 옆에서 원숭이와 거위의 뼈가 같이 발견 된 것입니다. 귀족이 자신이 타던 말의 무덤을 만드는 경우는 가끔가다 있었지만, 이렇게 짐승과 함께 아무런 관도 없이 무질서하게, 거의 버려지듯이 묻히는 경우는 역사상 없었습니다. 그렇다고 불의의 사고나 자연 재해로 같이 묻혔다는 흔적도 없어요."

"처음에는 적군의 왕자를 잡아다 처형을 했을 수도 있겠다 생각했지만, 몸에서 고의적으로 만들어 진 상처가 발견되지 않았어요. 그래서 저희는 왕족이 적은 기록을 도둑질한 자가 문서를 무덤까지 가지고 갔던 것이 아닌가 생각합니다."

"아니면, 왕족을 시중들던 신하가 문서를 무덤까지 가지고 갔을 가능성도 있다는 결론에 도달하였습니다. 왜 그랬는지, 문서가 왜 그렇게 중요했는지는 문서의 내용을 읽어봐야 하지만, 문서가 온전하지 않아서 현재 기술로는 문서의 내용을 복원하기가 거의 불가능한 것 같습니다."

표류

고단

열다섯 명의 소년들이 탔던 배가 외딴 섬에 표류되었다.

"이제 어떻게 해? 우리를 구하러 누가 올까?"

"당연하지!"

"어떻게?"

"표류되기 전에 조난 신호를 보냈을 거야."

"만약 안 보냈으면?"

"선원들은 항상 조난 신호를 보내게 되어 있으니까 걱정
마!"

"그 아저씨는 지금 어디 있어?"

"어느 아저씨?"

"조난 신호 보냈다는 아저씨!"

"바다에 빠졌나봐!"

"배 안에 선원이 있기나 했어?"

"배가 어떻게 해서 항구에서 떨어져 나왔는지도 모르잖
아?"

모두들 서로를 쳐다보기만 했다.

"배가 사라진 것을 지금쯤은 다 알고서 우리를 찾고 계실
거야."

선천적으로 온화한 품성을 지녔던 고단은 불안해하는 소
년들이 더 이상 동요하지 않도록 안정시켰다.

"우리가 어디 있는 지 어떻게 알아?"

"선원들은 다 아는 방법이 있어."

고단도 다른 소년들과 마찬가지로 처음 경험해보는 무인
도였지만 전혀 당황하지 않았다. 다른 소년들이 자신을
바라보며 이끌어주기를 기다리고 있었기 때문이다.

"이제, 우리를 구조하러 올 때까지 여기서 건강하게 살아
남아야 해."

"어떻게?"

"우리 섬에 수학여행 갔을 때 생각나?"

"응!"

"선생님이 가장 먼저 할 일이 뭐라고 했지?"

"자신을 보호할 피난처를 확보하라고 했어."

"아니야, 그것보다 물을 먼저 찾아야 한다고 했어."

"짐승이 있는지도 알아봐야 해."

"조난 신호를 보낼 불을 피워야 한다고 했어. 24시간 꺼
지지 않도록."

울상을 하고 있던 모습은 어느 새 사라지고 소년들은 다
시 활기를 띄며 여러 가지 제안을 내놓았다.

"아냐, 제일 먼저 먹을 음식이 있어야 해!"

"주위를 둘러보라고 했어. 사람이 살지도 모르잖아."

"변소도 필요해!"

그 소리에 모두가 배를 잡고 웃는다.

"웃지 마! 난 심각해!"

소년들의 깔깔대고 웃는 소리에 침울했던 분위기는 어느새 사라졌다.

"그래, 대충 뭐가 필요한지 알겠지? 피난처는 여기 좋은 덤불이 있으니까 더 좋은 곳은 나중에 찾아보기로 하고. 변소는 저기 떨어진 곳에 땅을 파면 될 거야. 그러니, 지금 기운이 있을 때는 여기에 불을 피워놓은 뒤에 섬을 돌아다니면서 마실 물을 확보하도록 하자."

"맞아, 물을 마시지 않으면 며칠 내에 죽는다고 했어."

"어떻게 해야 해?"

"마실 물은 산에서 흐를 수 있으니까, 저기 높은 곳 보이지? 거기로 가보자. 거기서는 반대편에 무엇이 있는 지도 둘러 볼 수 있어."

"알았어!"

"잠깐, 무더기로 가지 말고 나눠서 가면 더 효율적이야."

"그래!"

"어디 보자. 여기가 북쪽이니까. 저기가 남쪽, 이쪽은 동쪽이야."

고단은 학교에서 배운 대로 해를 이용해서 방향을 알아내고 있었다.

"너희들은 부영을 따라서 동쪽, 너희들은 남쪽, 도프 너가 앞장 서. 그리고 너희들은 서쪽이야. 스유를 따라서 가도록 해! 나머지는 나를 따라서 북쪽으로 가자. 각자 마실 수 있는 물이 있는지 알아보는 거야."

고단은 각자 임무를 분담해서 맡겼다.

"너희들 시계 가지고 있어?"

"응!"

"여전히 돌아가니?"

"내 시계는 멀쩡해."

"나도!"

"내 시계는 방수다?"

한 소년이 시계 자랑을 한다.

"그럼, 지금 부터 한 시간 동안 이 섬을 탐사해보는 것으로 한다. 알았지?"

"예!"

소년들은 마치 군대놀이를 하듯이 정색을 했다.

"주위를 살펴서 물이 있을 만한 곳의 위치를 알아보고, 한 시간 후에 여기 다시 집합하는 거다."

"예! 알겠습니다!"

소년들의 얼굴에 생기가 넘쳐났다.

"한 시간 명심해! 새로운 것을 발견하더라도 여기서 집합한 후에 단체 행동을 해야 해. 짐승이 나올 지도 모르니까."

"짐승?"

몸이 왜소해 보이는 동낙이 눈을 크게 뜨고 고단을 쳐다본다.

"미지의 섬이잖아. 조심해야 한다고."

"어, 나 무서워!"

"걱정 마. 인간들이 무리지어 있으면 짐승이 도망갈 가능성이 높다고 했어. 기억나?"

고단은 책에서 읽었던 기억을 되살려냈다.

"아잉, 그래도 무서워."

동낙은 거의 울기 일보 직전이었다.

"그럼 너는 여기 불가에 있던가. 불이 있으면 짐승이 접근을 못해."

"아니야, 같이 갈래."

"그럼 내 옆에 있어. 나머지는 단체 행동 잊지 마! 알았어?"

"예! 알았습니다."

그때, 한 소년이 기다란 나무가지를 주워서 어깨에 메었다. 그러자, 다른 소년들도 모두 나무가지를 주워서 어깨에 메고는 한 줄로 서서 군대 행진을 하듯이 의기양양하게 걸어갔다.

"하나, 둘!"

"하나, 둘!"

소년들은 평상시 놀 때와 다를 바가 없었다. 좀 전까지만 해도 가지고 있던 불안함이나 두려움은 보이지 않았다.

적응

다행스럽게도, 섬은 인간들이 살기에 열악한 환경이 아니었다. 계곡에는 마실 수 있는 맑은 물이 흘렀고, 날씨도 온화하여 추위나 더위를 걱정할 필요가 없었으며, 나무가

지와 잎을 이용해서 비교적 쉽게 피난처를 만들어 잠을
잘 수 있었다. 바람은 잠잠했고, 비도 크게 오지 않아서
바닷가에 집을 지어도 떠내려 갈 걱정은 없을 듯했다. 짐
승들도 갑자기 나타난 인간들이 두려웠는지 코빼기도 보
이지 않았다. 게다가, 수많은 과일 나무에 과일이 주렁주
렁 열려있어서 배가 고플 걱정도 없었다. 그리하여, 소년
들은 마치 소풍이라도 나온 듯, 천하태평으로 아무런 걱
정 없이 구조될 날 만을 기다렸다.

하지만, 금방 온다고 생각했던 구조대는 몇 날 며칠이 지
나도 나타나지 않았다. 하루가, 일주일이 되고, 한 달이
되고, 일 년이 넘자 소년들은 기다림에 지치기 시작했다.
"구조대가 안 올려나 봐!"

그렇게 시간은 계속 흘렀다. 소년들은 이제 문명사회를
거의 잊어버리고 있었다. 섬에서의 새로운 삶에 적응한
소년들은 문명사회로의 복귀를 거의 포기하고 있었다.

부영

어느 날, 부영이 고단의 지도자 권력을 탐하게 되었다.
'매일 고단이 하는 말만 듣기가 이제는 귀찮아.'
고단은 평상시에 하던 대로 시간을 정해놓고 규칙적인 생
활을 이끌어 나가고 있었다. 물에서 건진 책을 이용해서
글을 읽고, 시를 지어 낭독하고, 명상을 하고, 주제를 정

해서 토론을 하고, 나무를 이용해서 기구를 만들고, 떠내려 오는 물건을 이용해서 생필품을 만드는 등 기존 사회에서 하던 모든 일상생활을 이어가도록 지도하고 있었던 것이다.

"이런데서 잘못하면 게을러져서 미개하게 되어 버릴 수가 있어."

게다가, 매일매일 일정을 꼬박꼬박 기록하면서 날짜를 세고 있었기 때문에 국경일도 지키고, 일주일에 한 번 금식을 했으며, 성인들을 추모하도록 정해진 날에도 잊지 않고 제사를 지내도록 하고 있었다. 고단은 또 다시 문명사회로 돌아갔을 때 소년들이 뒤쳐지지 않도록 해야 한다는 책임감을 느끼고 있었던 것이다.

"야, 사실, 기도를 안한다고 누가 뭐라고 하겠냐?"

"맞아, 여기서 토론을 해봤자 무슨 소용이야?"

"시를 지어도 출판도 못해."

"여기서 추석 때 제사 안 지냈다고 누가 뭐라겠어?"

"맞아, 여기서 금식을 안했다고 아무도 뭐라 할 사람 없어."

"고단은 성직자 자격도 없어."

"선생님도 아니잖아."

"고단이 괜히 잘난 척 하고 있는 거라고."

"고단은 변화가 없어! 지루해!"

"고단만 없으면 얼마든지 편하게 하루 종일 놀 수 있어."

"고기를 잡아서 매끼마다 먹을 수도 있어."

부영은 주위의 몇몇 소년들을 자기편으로 만들어서 고단
을 내몰고 자신이 지도자의 위치에 오를 계략을 꾸미고
있었다.

선거

그리고, 어느 날, 과반수를 자신의 편으로 만들었다고 생
각한 부영은 새로 선거를 해서 지도자를 뽑자고 제안을
하였다.

"어? 무슨 소리야?"

고단을 따르던 소년들은 밑도 끝도 없는 부영의 제안에
어리둥절해했다.

"지도자는 다수의 지지를 받아야 해!"

"우리 전부 고단이 이끌기를 원했었잖아. 학교에서도 반
장인데."

"이제는 달라. 우리는 부영을 지도자로 지지해!"

"고단이 어때서?"

"한 사람이 오래도록 지도자로 있으니까 변화가 없잖아."

"그래, 고단은 구조대가 금방 온다고 했는데 여태 오지
않고 있어."

"그게 무슨 고단 잘못이야?"

"그래도, 고단 말을 맹목적으로 듣는 것은 문제가 있어."

"왜? 소풍갈 때도 선생님이 고단 말을 따르라고 했었잖
아."

"아직 섬의 반대편도 탐험해보지 못했잖아."

"반대편에도 여기나 마찬가지로 아무것도 없는 것을 계곡 위에서 봤잖아."

"그래도, 직접 가보는 것과 달라!"

"가서 뭘 하려고? 지금 여기서도 충분한데."

"여기에 있는 과일 나무들로만은 모자라는 날이 올 거야. 다른 곳에 있는 열매를 가져와야 더 배부르게 먹을 수 있다고."

"나무가 저렇게 많은데?"

"과일이 금방 다 떨어질 거야."

"그 전에 집에 가겠다."

"다른 곳에는 더 맛있는 열매가 있을 수 있어."

나머지 소년들은 부영의 말에 쉽게 설득되지 않았다.

"나중에 집에 돌아가더라도, 너, 아무도 없는 외딴 섬에서 평상시처럼 공부만 하다가 왔다고 하면 사람들이 뭐라고 하겠니?"

"우리를 바보라고 부를 거야."

"맞아! 모두가 우리의 모험담을 듣고 싶어 할 거라고."

"그래, 많은 경험을 해봐야 재미있는 모험담을 들려줄 수 있어."

부영을 따르던 소년들은 이때가 기회다 싶어서 소리를 높여 다른 소년들을 설득하려 했다.

"고단은 겁장이에 안일주의자야."

"아니야, 고단은 우리의 안전을 걱정하는 거야."

"노인들이나 안전 걱정하지."

"그래, 우리는 젊으니까 얼마든지 도전의식을 가지고 섬을 점령할 수 있어!"
"맞아, 이런 경험을 언제 또 해보겠어?"

그때, 가만히 듣고 있던 고단이 입을 열었다.
"나는 여태 우리가 배워 온대로 옳은 길을 걸어왔어. 선생님 말씀 기억나? 항상 어디서나 옳은 삶에 정진하라고 하셨어. 우리는 표류가 되지 않았을 때와 다를 것이 없이 살았기 때문에 이제 다시 문명사회로 돌아가더라도 다른 애들보다 뒤쳐질 것이 없어. 부모님들도 우리들을 대견하다고 자랑스러워하실 거야! 그런데, 너희들은 뭐가 못마땅하다는 거야?"
"너가 독재를 하는 거잖아!"
"평상시와 똑같은 생활이 지겨워. 사회가 변했으면 변한 사회대로 우리도 변해야 해!"
"여기가 사회야?"
"지금은 사회야!"
"선생님이 하시던 말씀 다 잊어버렸어? 언제 어디서건, 누가 보고 있건 말건, 항상 몸과 마음을 똑같이 가지라고 했잖아!"
"그래그래, 또 그 소리... 귀에 딱까리 앉겠다. 다 좋은 데, 우리는 변화를 원해."
"그래, 선생님도 여기 안 계셔!"
그때, 섬 생활이 무섭다며 고단에게 의지하고 있던 동낙이 입을 연다.

227

"너희들 지금 고단이 한 말을 듣기나 했어?"

그러자, 다른 소년도 고단을 지지하고 나섰다.

"선생님이 하신 말씀을 이해하기는 했어? 선생님이 계시든 안 계시든 몸과 마음에 흐트러짐이 없어야 한다고 하셨잖아."

하지만, 부영을 따르는 소년들도 지지 않고 대들었다.

"이제는 지루해!"

"섬의 반대편에 문명사회가 없다고 장담할 수 있어?"

"우리는 새로운 사회를 건설하고 싶어."

"하지만, 집으로 다시 돌아갔을 때는 뒤쳐진 공부를 하느라고 남들보다 더 늦게 학교를 졸업하게 되고, 사회에서도 더 늦게 성공하게 될 거야. 아니, 사회에 아예 적응을 하지 못할 수도 있어."

이번에는 동낙의 말에 고단이 맞장구를 쳤다.

"맞아, 아예 성공 할 기회를 놓칠 수도 있어. 우리보다 어린 애들이 밀고 들어올 텐데, 빈자리가 우리를 위해서 기다려 줄 것 같아?"

하지만, 부영을 편드는 소년들이 빈정거리듯이 대구를 한다.

"여기에 구조대가 올지도 모르잖아."

"그래, 영영 안 올 수도 있어."

"오더라도, 난, 우리 아버지 회사에서 일하면 돼!"

"나도, 우리 아버지 가업을 이어 받을 거야!"

"여기서의 색다른 경험으로 인해서 우리는 유명인사가 될 수도 있어. 모든 방송사에서 우리에게 인터뷰를 하려고 난리일걸?"

"맞아, 이 경험을 책으로 펴낼 수도 있어. 그러면 돈도 많이 벌고 유명인이 될 거야."

고단은 너무나 어이가 없어 할 말을 잃어버린 듯했다.

"그리고, 너희들 나중에 일자리 필요하면 나한테 와! 우리 아버지 회사에서 너희들 다 취직시켜 줄 테니까!"

부영이 소년들에게 자신의 아버지를 자랑하자, 도프도 덩달아 소년들에게 제안을 한다.

"나한테 연락해도 돼! 우리 아버지 회사에서 일하면 되니까!"

그 소리에 고단을 따르던 소년들이 동요를 하는 듯 하더니 입을 다물어 버렸다.

"너희들은 헛된 허상의 꿈을 쫓고 있어."

고단이 조용히 혼자말을 내뱉는다.

이양

침묵이 흘렀다. 모두가 고단과 부영의 눈치를 보면서 서로를 말똥말똥 쳐다보기만 했다. 그러자, 정적을 참지 못하겠다는 듯이 부영이 입을 연다.

"내 말에 동의하는 자들은 손을 들어봐!"

그러자, 부영이 미리 말을 해두었던 소년들이 손을 번쩍 들었다. 그리고는 옆에 있는 소년들의 손까지 강제로 들게 하였다. 갈피를 잡지 못하던 소년들은 들려진 손을 내릴 생각도 하지 못하고 있었다.

"이봐, 과반수가 넘어!"

부영이 소리친다. 고단은 강제로 손을 든 소년들을 제외하더라도, 꽤 많은 수가 부영의 꾀임에 이미 넘어갔다고 생각하자 고개를 떨구었다. 부영은 의기양양해서 코웃음을 쳤다.

"이제, 자리에서 내려오시지!"

"너희들이 그러기를 원한다면 나도 어쩔 수 없어. 하지만, 나중에 그 댓가를 치르게 될 것이라는 것은 명심해! 너희들은 지금 잘못된 길로 가고 있는 거야. 모든 선택에는 항상 거기에 따르는 업보가 있다고 하셨던 선생님 말씀 잊지 마."

그때, 부영이 고단의 말을 가로막는다.

"더 이상, 너를 지도자로 따르지 않으니까, 그딴 연설은 이제 그만 둬. 선생님이 하던 말씀을 왜 너가 하니? 넌 선생님도 아니야. 진절머리가 나!"

"그래! 집어 쳐!"

부영을 따르는 소년들도 같이 소리를 질렀다.

고단은 소년들을 한 번 둘러보고는 뒤로 돌아서 바닷가로 걸어갔다. 아무도 고단을 따르지 않았다. 고단의 편을 들던 소년들도 혼자 쓸쓸이 걸어가는 고단을 보고서 발을 뗄 용기를 내지 못했다. 모두가 속으로 계산을 하고 있었기 때문이다.

'혼자서는 살 수가 없어.'

'집단생활을 하는 것이 더 유리해.'

그때, 동낙이 좌우로 주위의 소년들을 둘러보더니 실망했다는 듯이 고개를 가로젓고는 고단에게 달려갔다.

"쟤, 잡아올까?"

한 소년이 부영에게 물어보자 부영이 달려가는 동낙을 보고서 콧방귀를 낀다.

"아니야, 저런 겁장이는 있으나 마나 어차피 도움도 안 돼. 내버려 둬. 짐이 하나 덜어졌으니 오히려 더 좋아. 권력을 잡았으니 우리의 목적은 이룬 거야!"

도프

부영이 새로운 지도자로 군림한 지 몇 주밖에 지나지 않았지만, 소년들의 생활은 이미 난장판이 되어 아수라장을 방불케 하였다. 공부도 하지 않고, 기도도 하지 않고, 금식도 하지 않고, 제멋대로, 먹고 싶을 때 먹고, 자고 싶을 때 자고, 놀고 싶을 때 노는 무절제한 생활의 반복이었다. 아침에도 일어나는 시간이 각기 달라서 다 같이 재밌게 하던 군대놀이도 더 이상 할 수 없었다. 그리고, 시간이 지나면서 낮에 자고 밤에 깨어나서 잠자는 소년들을 괴롭히며 장난을 치는 소년들도 생겼다. 게을러진 소년들은 공동체 생활에서의 배려심과 절제력을 잊어버리게 된 것이다.

당연히, 사는 곳도 쓰레기 더미로 변하고 있었다.

"웬 파리들이 갑자기 이렇게 들끓어?"

"냄새 때문일 거야!"

"이게 무슨 냄새야?"

"과일 껍질이 그대로 썩어 버렸어!"

"과일이 아니야. 똥과 오줌을 바로 자는 옆에서 봐서 그래."

고단은 자는 곳에서 멀리 웅덩이를 파고 볼일을 보고 덮도록 하였고, 쓰레기도 순번을 정해놓고 돌아가며 수거를 하여 먼 곳에서 불태워 버렸었다. 하지만, 이제 소년들은 아무도 규칙을 따르려고 하지 않고 있었다.

"내가 왜 고생을 해? 다른 애들은 놀고 있는데."

같은 장소에 살고 있었지만 모두가 개별적이고 이기적으로 살고 있었던 것이다.

그러던 어느 날, 도프가 불만을 토로하였다.

"이럴 거면 내가 지도자 해도 되겠다."

"무슨 말이야?"

"지도자가 있으나 마나잖아. 이런 지도자는 나도 할 수 있다고."

"그럼 너도 선거 다시 하자고 해봐!"

"그래야겠어. 사실, 부영은 지도자가 될 자격이 없어."

"어? 왜?"

"내가 여태 말을 안했지만 이제는 해야겠어."

"무슨 말?"

"부영 동생, 자중있지?"

"그런데?"

"자중이 묶어 놓았던 배의 줄을 풀어 버렸어."

"뭐?"

"자중이 장난으로 형 따라서 배에 올랐다가 일을 저지른 거야. 우리가 표류된 이유가 자중이 줄을 풀어서 그래."

"뭐야? 언제부터 알고 있었어?"

"처음부터."

"그런데 그 소리를 왜 이제와서 하니?"

"부영이 말하지 말라고 했어."

"뭐야? 이것은 용납할 수가 없어!"

"맞아. 부영이 우리를 속였어."

"잘못을 묵인하고 거짓말을 하도록 협박하는 자는 지도자가 될 자격이 없어."

"우리를 표류하게 한 동생을 눈감아 준 부영은 부정부패의 근원이야!"

"그래, 우리 사회에 부정부패가 뿌리를 내리게 하면 안 돼!"

"맞아! 선생님도 자그마한 일에서 부정부패가 생겨 커다랗게 부풀어 오른다고 말씀하셨어!"

유배

다음 날, 새로운 지도자가 된 도프는 모든 소년들 앞에서 부영의 죄를 재판하였다.

"너의 죄를 니가 알렸다?"

도프는 마치 왕이라도 된 듯이 부영을 무릎 꿇려 앉혀놓은 뒤 죄를 벌하였다.

"무슨 소리야?"

"너 동생 때문에 우리가 이런 고생을 하고 있잖아."

"거기다, 너는 우리에게 거짓말을 했어."

"내가 무슨 거짓말을 했다고 그래?"

"도프에게 입을 다물라고 협박까지 했어."

"협박?"

"죄가 너무나 무거워 너는 우리 사회에서 같이 살 수가 없어."

"너희들 왜 이래?"

"너는 우리가 불행하게 사는 원인이야. 그러니, 섬의 반대편으로 유배가야 해."

"너희들 정신이 나갔어?"

"다시는 이곳에 얼굴을 보이지 마."

"내가 너희들을 위해서 그렇게 희생을 했는데 이제와서 무슨 소리야? 불행하다고? 내가 너희들에게 자유를 줬잖아. 고단이 아직도 지도자였으면 너희들이 그렇게 배터지게 먹고 재미있게 놀 수 있었을 것 같아? 너희들 그런 경험을 바탕으로 나중에 책을 출판해서 돈을 벌 수도 있게 해준 게 다 나라고!"

하지만, 소년들은 원망의 눈초리로 부영을 째려보고 있었다. 부영은 마지막 용기를 내어 소년들을 설득해보았다.

"너희들 도프가 하는 거짓말에 속지 마!"

하지만, 소년들은 아무런 동요도 없었다. 그 모습을 본 부영은 더 이상 반항할 자신감을 잃어버렸다. 모두가 나무막대기를 들고 달려들 기세로 부영을 노려보고 있었기 때문이다.

"내가 말해봤자..."

부영은 남은 힘을 다해서 위신을 세우려 입을 열었다. 소년들이 자신의 희생과 배려심에 감명을 받아 마음을 고칠 것이라는 한 가닥 희망을 여전히 가지고 있었다.

"너희들은 어리석어서 이해를 못해. 내 힘만 낭비하고 목만 아플 것 같아서 지금은 내가 물러선다."

하지만, 동정심을 보이는 소년은 아무도 없었다.

그때, 과일을 먹고 있던 도프가 자리에서 벌떡 일어나더니 오른손을 추켜든다. 과일즙이 묻은 손에 파리들이 떼거리로 몰려든다. 하지만, 도프는 아랑곳하지 않고 마지막 판결문이라도 읽는 듯이 연설을 해나갔다.

"너는 여기서 우리와 같이 살 자격이 없어."

"맞아! 내쫓아 버리자!"

"버리자!"

"버리자!"

소년들이 외쳤다. 그러자, 도프는 자비로운 왕이라도 된 듯 또 다시 입을 열었다.

"너의 죄는 그 무게가 엄중하여 목숨으로 댓가를 치러야 하지만, 전 지도자였다는 점을 감안하여 먼 곳으로 유배를 보내는 바이다!"

부영은 기세등등한 도프를 빤히 쳐다보았다. 그리고는 다른 소년들을 둘러보았다. 부영을 원망하는 눈초리가 너무나 눈에 선명했다. 부영을 충신처럼 따르던 소년들도 이미 도프편에 서 있었다.

"부영만 아니었으면 우리가 지금 이렇게 고생 할 필요가 없었어."

그때, 한 소년이 소리를 질렀다.

"빨리 꺼져버려!"

부영은 어린 동생의 손을 잡고 섬의 반대편으로 걸어가기 시작했다. 하지만, 몇 발자국을 가다가 미련이 있다는 듯 뒤로 돌아선다. 그리고는 소리를 질렀다.

"너희들 지금 큰 실수를 하는 거야! 나를 이렇게 헌신짝처럼 버리면 나중에 후회하게 될 거다!"

소년들은 여전히 목석처럼 부영을 노려보기만 하고 있었다.

그 모습을 멀리서 구경하던 고단이 부영과 자중에게 달려왔다. 부영은 자기 앞에 달려와서 숨을 헐떡이는 고단의 모습을 보고는 제자리에 멈춰 섰다. 아무 말도 없이 고단을 뚫어지게 바라만 보던 부영이 고개를 떨군다. 그때, 부영의 뒤에서 도프가 소리를 지르면서 돌을 집어 던졌다.

"빨리 꺼져!"

그러자, 다른 소년들도 덩달아 돌을 집어 던지기 시작했다.

"원흉!"

"거짓말 장이!"

"너 같은 사람은 없어져야 해!"

"빨리 사라져 버려!"

"부정부패의 싹을 근절하자!"

고단은 돌을 피하려고 손으로 얼굴을 가리면서 자중을 감싸 안았다. 그러자, 부영이 자중의 손을 끌어당기며 달리기 시작한다.

'큰일이다. 전부다 미쳐가고 있어. 댓가를 치르게 될 거야.'

달려가는 부영의 뒷모습을 보며 고단은 마음이 무거워짐을 느꼈다.

고기

시간이 흘렀다. 도프가 이끄는 소년들의 생활이 이제는 무절제를 넘어서 짐승의 생활을 방불케 하고 있었다. 제대로 씻지도 않아 온 몸이 두꺼운 때로 뒤덮였고, 머리는 빗지를 않아서 헝클어졌으며, 배설물을 제대로 치우지 않아서 가는 곳마다 냄새가 사방에 진동을 했다. 게다가, 소년들은 원시인 놀이를 한다면서 약한 소년들을 괴롭히기까지 했다. 집단에서 가장 몸이 약한 소년을 밤마다 번갈

237

아 가면서 붙잡아서는 나무에 매어놓고 갖은 수치심을 주었지만, 아무도 이를 말리지 않았다.

그리고 어느 날부터, 소년들은 과일 열매만으로 만족하지 않고 사냥을 하여 고기를 구워 먹기 시작했다.
"여기 짐승들은 잡기가 너무 쉬워!"
"인간들을 본 적이 없어서 그래."
"맞아. 짐승의 천적이 인간이라는 사실을 여기 짐승들은 모르고 있어. 하하하!"
"다음에 오는 사람들은 짐승 잡기가 힘들 거야. 짐승들이 이제 인간이 위험한 존재라는 사실을 학습하게 됐으니까."
"우리는 짐승의 은인들이야! 하하하!"
그렇게 시간은 흘렀다.

청악두

도프는 떠내려 온 비닐과 플라스틱을 이용해서 만든 천막에서 왕처럼 지내고 있었다. 소년들은 도프가 머무는 천막을 청악두靑堊頭라고 불렀다. 언덕 진 곳에 파란 비닐과 조개껍데기가 섞인 흙으로 만든 지도자가 거주하는 곳이라는 뜻이다.

오늘 밤도 도프가 청악두에서 자고 있을 때였다. 밖에서 바스락 거리는 소리가 들리자 도프가 눈을 떴다.

'뭔가가 움직이고 있어.'

도프는 짐승이 밤에 습격을 한다고 생각하고 벌떡 일어나서 소리를 질렀다.

"짐승의 습격이다!"

"불을 밝혀라!"

그 소리에 모두가 헐레벌떡 일어나서 불을 찾아 키느라 아우성이었다. 도프가 지도자가 된 이후에는 소년들이 너무나 해이 해져서 24시간 구호 신호를 유지하지 않고 있었던 것이다.

곧이어 주위가 환해지고 한쪽 구석에 숨어있던 부영과 자중이 보였다. 부영은 나무와 돌로 만든 도구를 손에 들고 있었다.

"어? 너가 여기 어떻게..."

부영을 발견한 도프는 겁에 질려 소리를 질러댔다.

"부영이 우리를 죽이러 왔어."

도프의 말에 소년들은 걷잡을 수 없는 격분한 상태로 치달았다.

"부영이 우리에게 복수를 하러 왔다!"

"부영이 청악두에 불을 지르려고 했어!"

"부영이 도프를 죽이려고 했다!"

"부영은 악마다!"

"부영을 죽여라!"

도프의 말이 떨어지자, 소년들은 부영에게 달려들었다.

한편, 어수선한 소리에 잠을 깬 고단이 이를 멀리서 지켜
보다가 부영 앞으로 달려가 소년들을 막았다.

"너희들 정신이 있는 거야?"

그러자, 부영에게 달려들던 소년들이 갑자기 조용해졌다.

"가지고 있는 무기들 전부 내려놔!"

소년들은 고단의 위엄에 질려서 얼른 무기를 내려놓는다.
그 모습을 본 고단은 뒤로 돌아 부영에게 물어본다.

"왜 여기 왔어? 이 시간에?"

"배가 고파서."

고단은 부영을 빤히 쳐다보았다. 과일 나무들이 주위에
수 없이 많은데 배가 고프다고 자신을 해할 수도 있는 소
년들에게 한 밤중 모두가 자고 있을 때 접근하는 것은 이
치에 맞지 않았기 때문이다. 하지만, 고단은 일단 소년들
을 평정한 상태로 되돌리기 위해서 부영에게 음식을 제공
했다.

"저기 열매 따 놓은 것이 있으니까 가서 먹어."

"고마워!"

부영은 한 쪽에서 벌벌 떨고 있던 자중을 불러서 같이 고
단이 가리킨 쪽으로 걸어갔다.

이 모습을 보고 있던 도프는 영 못마땅했다.

"배고프다는 말은 거짓말이야! 나를 죽이러 온 게 틀림없
어!"

그러자 고단이 도프를 노려본다.

"도프, 너!"

240

고단의 단호한 태도에 도프가 찔끔하여 뒷걸음친다. 하지만, 소년들이 바라보고 있다는 생각이 들자 다시 용기를 내어 소리 질렀다.

"배반자에게 우리가 거둔 음식을 줄 수는 없어."

그 소리를 들은 몇몇 소년들이 도프를 거들었다.

"그래, 맞아. 우리가 고생해서 얻은 양식을 죄인에게 주면 안 돼!"

그때, 고단이 소년들 쪽으로 고개를 돌렸다. 그 모습에 모두가 기겁을 하면서 뒷걸음질 친다. 발을 헛디뎌 뒤로 주저앉는 소년들도 있었다.

"이건 너희들이 거둔 것이 아니야. 자 봐! 너희들 것은 여기 있잖아. 저거는 내가 장만해 놓은 과일이야. 내것을 내가 부영에게 주는 거니까 너희들은 아무런 할 말 없어."

모두가 기가 죽은 듯 고개를 떨구었다.

"이제, 전부 가서 자. 날이 금방 밝아 올 테니까. 알았어?"

형식적으로는 도프가 지도자였지만, 모두가 고단의 말을 공손하게 따르고 있었다. 도프 역시 입을 뻥긋하지도 못하고 주눅이 들어 청악두로 돌아왔다. 고단은 선천적인 지도자였던 것이다.

체면

"이것들이 내 말을 안 듣고 여전히 고단 말을 듣고 있어."

얼떨결에 잠자리로 돌아오기는 했지만, 도프는 자신의 체면이 말이 아니라는 생각이 들었다.

"고단이 있는 한 나를 절대적인 지도자로 보지 않을 거야."

이후, 도프에게는 고단을 제거해야 겠다는 욕구가 부글부글 끓기 시작했다.

살인자의 욕구는 부영에게서도 마찬가지로 끓고 있었다.

"나는 억울하게 누명을 쓰고 쫓겨난 어진 지도자야!"

그 동안, 부영은 도프에게 복수할 날만을 손꼽으며 무기를 만들어 왔다. 도프에게 당한 수치심을 혼자서는 씻을 수가 없었기 때문이다.

"도프가 내 앞에 무릎을 꿇는 모습을 모두에게 보여줘야 해. 힘없는 자를 지도자로 섬기고 싶지는 않을 거야."

부영은 배가 고파서 나타난 것이 아니었다.

"도프만 없으면 전부 나를 따를 거야!"

부영은 고단에게 거짓말을 하면서 사람좋은 고단을 이용해서 자신의 위기를 벗어났던 것이다.

고단도 부영이 가지고 있던 무기를 보고 부영의 의도를 의심하지 않은 것은 아니었다.

'저런 무기를 만들어들고 다닐 필요가 뭐 있어?'

하지만, 싸움으로까지 번질 수 있는 더 큰 상황을 방지하기 위해서는 부영의 거짓말에 속아주는 방법밖에 없었다.

그렇게 섬에서의 난장판 같은 생활은 계속되었다. 고단은 여전히 소년들을 걱정하고 있었지만 어떻게 손을 쓸 수가 없었고, 부영은 소위 유배지라는 곳에서 재기를 노리고 있었으며, 도프는 고단과 부영, 그리고 부영의 동생 자중을 제거할 기회만 노리고 있었고, 소년들은 이러한 살인자의 욕구를 가진 자가 지도자라는 사실도 인식하지 못하고, 자신들의 기본적인 욕구만 만족되면 그만이라는 듯, 별 생각 없이 게으르게 시간을 보내고 있었다.

성인

어느 날, 조그만 배 조각이 물에 밀려서 해안가에 도착했다. 소년들은 원시인 놀이를 하듯이 무기를 들고 배 조각으로 조심조심 접근해갔다. 배 조각위에는 남자 성인 한명이 의식을 잃은 채 누워있었다.
"죽었나봐!"
한 소년이 남자의 코에 손을 가져댔다.
"아니야, 아직 숨을 쉬고 있어!"
"어떡하지?"
"옷 주머니 안에 뭐가 있는 지 보자!"
도프는 소년들을 시켜서 누워있는 자의 소지품을 꺼내오도록 했다.
"아무것도 없는데?"
그때, 한 소년이 머리를 긁적거리며 입을 연다.

"그런데, 이 옷... 죄수복 아니야?"

소년들은 의식이 없는 자의 옷을 뚫어지게 쳐다봤다.

"감옥에서 탈출했나봐?"

"아니야, 잠옷이야!"

"아니야, 저기 바다 건너 나라에서는 다 이렇게 입어."

소년들은 어쩔 줄 몰라 하고 있었다. 그때, 멀리서 소년들이 웅성거리고 있는 모습을 보고 고단이 다가왔다.

"무슨 일이야?"

"어! 고단 잘 왔다. 우리가 사람을 발견했어!"

"뭐, 사람?"

"그래, 여기 봐!"

소년들이 비켜서자 정신을 잃고 있는 성인의 모습이 보였다.

"언제 발견했어?"

"한 10분?"

"야, 빨리 땅으로 옮겨. 다시 떠내려가겠다."

고단의 한 마디에 소년들은 잠에서 깨어난 것처럼 빠르게 행동하기 시작했다. 멍하니 어쩔 줄 모르던 도프도 그제서야 정신이 들었다는 듯이 떠들었다.

"야, 빨리빨리 움직여!"

그때, 고단이 한 소년에게 소리 지른다.

"너, 빨리 가서 마실 물 한 그릇 가져와! 너는 불을 지피고. 너는 단물이 많은 과일을 가져와."

소년들은 재빠르게 움직였다.

"너희들은 이 사람 젖은 옷을 벗기고 몸을 문질러! 몸을 따뜻하게 해야 해. 너희들은 가서 몸 덮을 것을 가져와!"

"예!"

소년들은 또 다시 지도자를 따르는 군대놀이를 하듯이 일 사정연하게 움직이고 있었다. 도프는 그러한 모습이 마음에 들지 어찌할 바를 몰랐기 때문에 하는 수 없이 고단이 하는 일을 바라만 보고 있었다.

고단은 남자의 입에 물을 축이고 과일의 단물을 먹이면서 말을 건넸다.

"여보세요! 여보세요! 일어나요!"

그때, 남자가 눈을 서서히 뜨더니 물을 삼켰다.

"잠자는 거였어?"

"그런 가봐!"

"여보세요!"

"여기가 어디야. 천국인가? 후후"

"여보세요? 제가 보여요?"

고단이 질문을 하자, 다른 소년들도 질문을 퍼부었다.

"어떻게 여기 왔어요?"

"어디서 왔어요?"

"저희들을 구하러 왔나요?"

"이름이 뭐예요?"

"부모님들이 저희가 여기 있다는 사실을 알고 계신가요?"

"여기서 어떻게 나가죠?"

"구조대는 언제 와요?"

남자는 주위를 둘러보더니 시끄럽다는 듯이 귀를 막으며
눈을 감고는 혼자말을 중얼거린다.

"후후, 천국에는 애들이 많다더니..."

"여보세요? 말 할 줄 알아요?"

"우리를 볼 수 있어요?"

"우리가 하는 말 들려요?"

그때, 남자가 화를 내듯이 벌떡 일어나 소리를 질렀다.

"아, 거참, 시끄럽네. 내가 벙어리에 맹인으로 보여?"

소년들은 일어나 앉은 성인의 모습을 보자 환희의 환성을
올렸다.

"살아났어!"

"우리가 살렸어!"

"뭐야? 내가 언제 죽었었어?"

"무슨 일이 있었죠?"

"저희 부모님들은요?"

"너희 부모들을 내가 알게 뭐야? 배가 고픈데 먹을 것 없
니?"

소년들은 따 놓았던 과일을 남자에게 주었다. 남자는 며
칠을 굶은 사람처럼 숨 쉴 틈도 없이 과일을 삼켰다. 소
년들도 아무런 말없이 영화를 관람하듯이 구경하였다. 어
느 정도 배가 부르자 성인이 묻는다.

"다른 생존자는?"

"아무도 없어요!"

성인은 고개를 떨구고 슬픔의 한 숨을 쉬었다.

성인의 이름은 제허로 배가 태풍을 만나 가라앉은 후 혼
자서 조그만 조각에 의지해 살아남은 것이다. 하지만, 소
년들은 제허의 말을 믿지 않았다.
"분명히 감옥에서 탈옥한 거야!"
"근처에 묶여 있던 배를 몰래 타고 도망을 왔겠지!"
"그래, 그러다가 하늘의 벌을 받아서 풍파를 만난거야!"

변화

"너희들, 아무도 안 본다고 그렇게 흥청망청 짐승처럼 살
면 되겠어? 냄새가 나서 어떻게 사니?"
제허는 기운을 차리자마자 섬을 여기저기 돌아다니더니
소년들이 만들어 놓은 난장판에서 멀리 떨어진 고단과 동
낙이 살고 있는 곳에 자신의 자리를 마련하였다. 그리고
시간은 또 흘렀다.

어느 날부터, 제허가 나무를 패기 시작했다.
"이렇게 무인도에서 살다가는 여기서 이대로 눈을 감겠
어."
제허가 배를 만들어서 육지로 나갈 계획을 세운 것이다.
이후, 제허는 아침에 눈 뜨면 나무를 패고 날라서 배를
만들고 해가 지면 잠을 잤다. 그런 모습을 지켜본 소년들
이 머리를 모으고 회의를 열었다.

"저 아저씨가 배를 만들어서 도망가려고 하고 있어."

"배가 다 만들어지면 저 아저씨를 묶고 우리가 배를 뺏어서 집으로 가자!"

"그래!"

모두가 환희를 올리며 동의를 하였다. 그때, 한 소년이 손을 번쩍 쳐든다.

"우리 중에 항해 할 수 있는 사람 있어? 집이 어느 방향인지 아는 사람 있어?"

그 소리에 소년들이 풀이 죽는다. 그리고 한참이 흐른 후, 그 소년이 다시 말을 잇는다.

"저 아저씨가 항해할 줄 아니까 배를 만드는 게 아니겠어? 그러니, 저 아저씨와 같이 나가야 해!"

"그래, 저 아저씨를 협박하자!"

"뭘로 협박을 하니? 우리가 저 아저씨에 대해 아는 것이 뭐가 있어?"

"그럼, 붙잡아 매자!"

"뭐? 저 아저씨는 우리가 다 같이 붙잡아도 당해낼 수가 없을 거야!"

"그럼 어떻게?"

"같이 협동하면 되잖아!"

각자 하고 싶은 대로 개인 생활을 오래 해 온 소년들은 협동이라는 개념이 생소하게 느껴졌다.

"그런데, 저 아저씨가 우리를 싫어하잖아."

"맞아. 우리하고는 상종도 하기 싫어하는 것 같아!"

"우리는 그렇지만, 고단하고는 사이좋게 지내잖아!"

"고단하고 동낙만 데리고 떠날 거야."

이후, 소년들은 고단에게 다시 친절해지기 시작했다. 부탁
하지도 않은 물을 떠다 주고, 과일을 따다 주기도 하고,
바닷물에 떠내려 온 비닐을 이용하여 청악두에 맞먹는 천
막을 만들어 고단과 동낙이 머물도록 하기도 했다. 고단
은 물론 소년들의 속생각을 알고 있었다.
"아저씨에게 설득은 해보겠지만, 아저씨가 너희들을 위해
서 더 큰 배를 만들 희생을 쉽게 하지는 않을 거야. 시간
이 더 오래 걸리는데."
"그래도, 인간애가 있는데 우리 같은 어린이들을 뒤에 남
기고 떠나면 양심의 가책을 받을 걸?"
"너가 잘 얘기 좀 해줘!"
"우리가 나무 장만하고 배 만드는 것을 도울께!"

그날 밤, 고단은 소년들의 소망을 제허에게 알렸다. 제허
는 마치 기대하고 있었다는 듯이 그 자리에서 흔쾌한 승
낙을 하였다.
"좀 더 큰 배를 만들면 돼!"
고단은 기뻤다.
"하지만, 조건이 있어. 아이들 꼴이 저게 뭐니? 난 쟤네들
냄새나서 옆에서 한시도 같이 있지 못하겠어. 구토가 날
지경이라고. 그러니, 쟤네들이 깨끗해져야지만 배에 태울
수 있다고 전해줘!"

249

제허의 말을 전해 들은 소년들은 몸을 단정히 하고 부지런하게 움직이기 시작했다. 옛날 고단이 지도자로 있을 때의 일상을 기억하면서 또 다시 절제있는 생활을 하기 시작한 것이다. 소년들의 모습은 하루 만에 놀라울 정도로 변하였다. 다시 집에 갈 수 있다는 희망이 다시 살아나자 소년들은 제허를 도와서 열심히 배를 만들었다.

이러한 소년들의 변화를 지켜 본 도프는 영 마음이 편치 않았다.
"이것들이 내가 지도자라는 사실을 완전히 잊었어. 내가 뒷전에 밀린 것 같아."
도프는 가슴을 쥐어 잡았다. 왠지 분하고 억울하고 피해를 받았다는 느낌이 들었다.
"고단을 빨리 제거해야겠어."
한 동안 잠잠했던 도프의 살인 욕구가 다시금 눈을 뜨고 있었다.

스유

"애들이 도프 너를 지도자로 보지 않고 있어."
어느 날, 스유가 도프에게 넌지시 말을 건넨다.
"뭐?"
"애들이 고단하고 같이 배를 만들고 있잖아."
"그래서?"

도프는 스유가 말하는 요점을 이해하지 못한다는 듯이 눈썹을 추켜올렸다.

"배가 완성되면 고단하고 애들은 모두 집으로 갈 거야. 그러면 너는 더 이상 지도자의 권력을 누릴 수가 없어."

도프가 말이 없다.

"그래서 말인데... 여기가 더 편하지 않니? 사는 게 여기가 훨씬 좋잖아. 선생님도 없고, 공부할 필요도 없고, 먹을 것은 널려있고. 우리가 집으로 갈 필요가 뭐 있어?"

스유는 어려서 부모님을 일찍 여의고 고모부 집에서 살고 있었다. 하지만, 고모부는 스유를 친자식과 차별대우를 하고 있었다. 스유는 마치 하인처럼 살고 있었던 것이다.

'학교를 졸업하면 너가 알아서 살아가야 해. 너가 집을 장만해서 독립적으로 살아가야 한다고. 알았어?'

스유의 고모부는 스유가 학교를 졸업할 때까지만 맡아 키우겠다던 약속을 지키고 있었다. 스유는 학교를 졸업하는 순간 자신이 거지가 된다는 사실을 두려워하고 있었던 것이다.

"애들이 전부 떠나 버리면 너 혼자 왕으로 살 거야?"

스유는 도프를 유혹하고 있었다.

"나 혼자? 아니, 나도 집에 가야지!"

"그러면, 너는 여기서 한 행동들 때문에 처벌을 받을 거야. 고단이 가만히 있을 것 같아? 너 고단이 하던 말 생각나? 댓가를 치를 거라고? 게다가 부영도 있잖아. 부영은 너한테 좋은 말을 절대 안 해 줄걸?"

”…”

”처벌 한 번 받으면 넌 사회에서 더 이상 성공할 수가 없어. 동료도 친구도 아무도 안도와 줄 거야. 사회에서 패배자로 평생을 살아야 한다고! 영원한 낙오자라는 평판이 대대로 따라 다니겠지.”

“우리 아버지 가업을 이어 받으면 돼!”

”그래도, 너 동료나 친구도 없이 혼자 번성할 수 있을 것 같아? 모두가 너를 따돌릴 텐데 어떻게 가업을 운영할 거니?”

그 말에 도프는 눈이 번쩍 뜨이는 것 같았다.

”여기서 나가면 안 되겠다.”

“맞아! 그게 내가 하려던 말이야!”

“그럼, 어떻게 해야 하지?”

“우선 배를 만들지 못하게 해야지.”

”어떻게?”

”배 만드는 사람이 없으면 되잖아.”

“뭐?”

”저 아저씨만 없으면 누가 배를 만들 줄 아니?”

“하지만, 고단이… 다른 애들이 가만히 있겠어?”

“다른 애들한테 알릴 필요 없잖아?”

“어? 무슨 소리야?”

“아무도 모르게 아저씨를 없애 버리는 거야.”

“뭐?”

”아저씨가 누구인지 아무도 모르잖아. 살인자였을 수도 있다고. 죄수복 입고 있었던 거 기억나?”

안 그래도 살인의 욕구를 가졌던 도프를 유혹하기란 그리 어렵지 않았다. 도프는 마음속 깊이에서 스유의 유혹에 이미 넘어가고 있었다.

"살인자한테 애들을 맡길 수 있겠어? 현명한 지도자는 애들이 살인자를 따라가게 하지 않아!"

"맞아! 난 지도자로서 애들을 보호할 의무가 있어."

"이제야 제대로 생각을 하는 구나!"

"그러면 아저씨를 해치우자!"

"그래, 하지만, 그걸 아무도 모르게 할려면 너가 밤에 혼자서 해야 해."

"뭐, 내가?"

"그래, 그래야 나중에 애들한테도 명분이 서잖아. 내가 도왔다고 하면 애들이 너를 지도자로 따르겠니? 너가 혼자 용감하게 했다고 해야 따르지."

"하긴..."

"대신, 내가 무기를 만들어 놨으니까 이 무기로 너가 오늘 밤 해치워."

"오늘? 그렇게 빨리?"

"그래. 쇠도 당긴 김에 빼라던 말 몰라? 빠르면 빠를수록 좋아. 배가 내일 완성될 지 누가 알아? 거의 다 지었던데. 봤어?"

"그래. 결심했다. 그렇게 하자!"

도프는 그 동안 마음속 깊숙이에서 부글거리던 살인의 욕구가 마침내 정당화되었다는 느낌을 받았다.

마지막

그날 밤, 도프는 몰래 제허가 거처하는 곳으로 슬그머니 들어갔다. 낮에 열심히 나무를 베고 날랐기 때문에 모두가 피곤해서 잠에 골아 떨어져 있었다. 무기를 들고 있는 도프의 모습이 마치 혼이 나간 사람 같았다. 그리고 얼마 후, 도프가 다시 나왔다. 도프가 들고 있는 무기에서 피가 떨어지고 있었다.

'이참에 나머지도 해결 해 버리자.'

그리고 도프는 고단이 자고 있는 곳으로 향했다. 이는 스유도 미처 상상하지 못했던 상황이었다. 사실, 스유는 사람이 많으면 많을수록 외딴 섬에서의 생활이 좋을 것이라고 생각하고 있었기에 다른 소년들을 해칠 생각은 없었다.

고단도 일을 한 터라 인기척도 느끼지 못하고 곤하게 자고 있었다. 도프는 자고 있는 고단 앞에서 무기를 들어올렸다. 도프가 들고 있는 무기에서 피 한 방울이 떨어져 고단의 눈에 떨어졌다. 그러자, 고단이 눈을 떴다. 그리고 도프가 이를 악물고 부들부들 떨면서 서 있는 모습을 보았다.

"너!"

고단이 입을 열기가 무섭게 도프는 조금의 주저도 없이 무기를 내려쳤다.

'두 번째 완수!'

도프는 부영이 자는 곳으로 발을 옮겼다.

'마지막...'

뭔가가 부스럭 거리는 소리에 부영이 눈을 떴다. 부영은 꾀를 부리며 배 만드는 것을 열심히 돕지 않았기 때문에 그리 피곤하지 않았고 따라서 얕은 잠을 자고 있었다. 부영은 도프를 발견하고 순간적으로 자신을 해치러 왔다는 판단을 내린 후 어두워 한 치 앞도 보이지 않는 밖으로 달려 나갔다. 자중을 깨워서 같이 나올 생각은 미처 하지 못했다. 도프도 부영을 따라 뛰어갔다. 도프는 자중에게는 관심도 없었다.

부영이 계곡으로 올라가다가 발을 잘못 디뎌 아래로 떨어져버렸다. 도프는 달려가 깜깜한 절벽 아래를 내려다보았다.

"여기서 떨어지고는 살아남지 못할 거야. 임무를 완수했어!"

도프는 절벽에서 내려와서 청악두로 걸어갔다. 그때, 동낙이 혼비백산 소리를 지르며 횃불을 들고는 도프를 앞질러 뛰어갔다. 그리고 그 뒤를 자중이 같이 뛰어가고 있었다.

"고단이 죽었어!"

"고단이 숨을 쉬지 않아!"

"고단이 살해당했어!"

도프는 그 소리에도 아랑곳하지 않고 여유롭게 청악두로 들어갔다.

"아, 너무나 피곤해!"

도프의 다리에서 힘이 빠지더니 그 자리에 쓰러졌다. 도프는 바닥에 그대로 몸을 던져 잠에 빠졌다.

사형

얼마나 지났을까, 누가 몸을 흔들어 눈을 떠보니 소년들이 주위에 서 있었다. 도프는 아직도 감기는 눈을 비비며 돌아누웠다.

"야, 일어나!"

도프는 지도자인 자신에게 반말을 하는 소리를 듣고 화가 치밀었다.

"뭐야? 누가 지도자보고 감히..."

"너는 더 이상 지도자가 아니야!"

"뭐?"

그 소리에 도프가 눈을 번쩍 뜨고 일어나 앉는다.

"너는 살인자야!"

"사형을 받아야 해!"

"뭐?

그제서야, 도프는 간밤에 자신이 한 일들이 꿈이 아니었다는 사실을 깨달았다. 도프는 두리번거리면서 스유를 찾았다. 하지만 스유는 관심이 없다는 듯 먼발치에 앉아 있었다.

"스유, 저기 스유한테 물어봐!"

도프가 스유를 부르려 할 때, 소년들이 달려들어 도프를
밧줄로 묶어 버렸다.

"너를 아저씨, 고단, 부영을 살인한 혐의로 체포한다."

"뭐? 너가 누군데? 너가 무슨 권한으로? 내가 누군지 알
아? 너희들 여기서 나가면 다 죽었어!"

"걱정 마, 너는 여기서 나갈 일이 없어."

"뭐야?"

"너는 오늘 사형을 당할 거야!"

"뭐? 너희들 정신이 나갔어? 이제 누가 지도자를 할 건데?
고단도 없잖아!"

그때, 동낙이 울음 섞인 목소리로 절규를 한다.

"맞아, 너가 우리의 위대한 지도자를 죽였어."

"아니야, 내가 죽인 게 아니야."

"목격자가 있으니까 거짓말해도 소용없어."

"뭐? 누구야? 나를 모함한 게 누구야?"

"두 명이나 있으니까 거짓말하지 마!"

"뭐? 두 명? 누구야? 누구냐니까?"

"너가 고단을 죽이는 거 내가 봤어."

그때, 동낙이 울분이 섞인 목소리로 외쳐댔다.

"아냐! 동낙아! 다 너희들을 위해서 그런 거야. 나는 너희
들을 위하는 생각밖에 없었어!"

그때, 스유가 멀리서 소리를 질렀다.

"부영을 죽이는 것도 봤어. 자중도 봤다고 했어. 그러니,
증인이 세 명이야. 저런 변명은 들을 필요 없어. 빨리 갖
다가 버리자!"

스유는 사실 도프를 엄하게 벌할 생각이 없었다. 하지만, 소년들의 반응이 예상과 다르게 고조로 격분되어 있는 것을 보자 다른 소년들을 따라할 수밖에 없었다.

"뭐? 스유, 너가 하라고 그랬잖아!"

"이제는 거짓말해도 안 통해! 부영도 너가 거짓말해서 쫓아냈잖아!"

도프는 동문서답을 하며 초조해 했다.

"뭐? 부영은 자기 실수로 떨어진 거야. 내가 죽인 거 아니야! 아직 살아있어. 가서 찾아 봐!"

자중이 눈을 말똥말똥 뜨고 도프의 말에 귀를 기울이고 있다.

"형이 안 죽었어?"

그때 스유가 소리친다.

"소용없어. 너가 애당초 부영한테 억울한 누명을 뒤집어 씌었잖아. 빨리 사형을 집행하자!"

스유는 자신의 거짓말이 탄로 날 것이 두려워 도프의 입을 한시라도 빨리 막고 싶었다.

소년들은 밧줄에 묶여서 꼼짝도 못하는 도프를 들고서 바닷가로 걸어갔다.

"형, 어딨어?"

자중이 소년들을 따라가면서 도프에게 소리 지른다. 하지만, 도프는 자중의 소리가 들리지 않았다.

"뭐야? 이거 내려놓지 못해? 날 내려 놔!"

바닷가에 다다르자 소년들은 일체의 주저도 없이 도프를 바닷물에 던져버렸다.

"살인자는 사형을 받아야 해!"

"우리 사회는 부정부패를 근절해야 해!"

소년들은 조금의 동정심도 보이지 않았다. 그리고, 소년들은 돌아와서 제허와 고단의 무덤을 파서 묻었다. 부영의 시체는 없었지만 똑같이 묘비를 만들어 세운 뒤 열매를 따다 놓고 명복을 빌었다.

시작

소년들이 아무런 말도 없이 앉아있다. 아무도 입을 뗄 생각조차 하지 못하고 있었다. 그때, 동낙이 울성거리며 입을 열었다.

"이제 어떻게?"

"형은 어디 있어?"

자중이 여전히 어리둥절해 하면서 주위를 돌아본다. 하지만, 아무도 대답을 하지 않았다. 그때, 스유가 소년들의 눈치를 보더니 조심스럽게 말한다.

"이제 새로운 지도자를 뽑아서 새롭게 시작하는 것이 최우선이야!"

"그래, 우리를 이런 슬픔에서 이겨내고 바른 길로 인도할 지도자가 필요해!"

그러자, 다른 소년들도 정신이 돌아온 듯이 서서히 입을 열기 시작했다.

"그래, 그러는 게 좋겠다."

다시금 활기를 찾는 소년들을 보자 스유가 말한다.

"내가 도프의 부정부패를 알고 고발했으니까 내가 지도자여야 마땅해! 내가 지도자가 되면 부정부패 걱정은 안 해도 돼."

소년들은 서로 얼굴을 쳐다보았다. 아무도 찬성을 하지 않았고, 아무도 반대를 하지 않았다.

"반대가 없으니까 그럼 이 시각부터 내가 지도자다, 알았어?"

소년들은 여전히 서로의 얼굴을 쳐다보기만 했다.

"자, 이러고 있지 말고, 일을 하자. 그래야 건강하게 지낼 수 있어. 선생님이 늘 그렇게 말씀하셨잖아. 지난 일을 후회하지 말고 앞으로 올 시간을 효율적으로 사용하라고!"

그 말에 소년들은 스유를 훌륭한 지도자라고 생각하며 다시금 힘을 얻는 듯했다.

"그럼, 우리 아저씨가 만들던 배를 완성하자!"

"그래! 좋은 생각이야!"

스유는 못마땅했지만, 소년들이 예전의 활기를 되찾은 모습을 보고서 그대로 눈감아 주기로 했다.

'배를 만든다고 해도 항해를 못하니 상관없어. 애들을 조종하는 수단으로 최적이야! 배는 언제든지 부수면 돼.'

스유는 속으로 생각했다. 이로써, 스유는 자신의 목적을 이루었다고 생각했다.

대표

소년들은 배를 완성할 수가 없었다. 배를 어떻게 지어야 완성되는 지도 몰랐고, 설사 완성에 가까워졌다고 생각이 들면 다음 날 배가 부서져서 발견되곤 했다.

"또 짐승들이 습격을 했나봐!"

매번 스유가 밤에 몰래 부순 것이었지만, 스유는 항상 짐승들을 탓했다. 그래도 아무도 배를 지키려고 하지 않았다.

"보초서다가 짐승한테 잡혀 먹히게?"

그리고 시간이 지나면서 소년들은 배를 만드는 열의를 잊어버리기 시작했다.

"이제는 힘들어서 나무도 못 패겠어!"

"배를 완성하더라도 방향을 모르니 어떻게 집에 갈 수 있겠어?"

"상어 밥이 되고 말거야!"

"어른들이 우리를 찾으러 올 때를 기다리는 게 더 나아!"

"그래, 여기서 지내다 보면 구출하러 올 거야!"

그리고 오랜 시간이 흘렀다. 스유는 최장수 지도자로 군림하고 있었다.

그러던 언젠가부터, 소년들이 스유의 지도력에 불만을 품고 반항하기 시작했다.

"우리 배가 망가졌는데도 스유는 짐승을 잡을 조치를 취하지 않았어!"

261

"맞아. 스유는 지도자로서 능력이 부족해!"

"한 명이 오래도록 지도자가 되면 좋지 않아!"

"애당초 고단이 지도자 자리에서 내려온 것도 그 때문이었어."

"그래, 스유가 이렇게 오래도록 지도자로 있는 것은 불공평해."

이를 알게 된 스유는 제안을 하였다.

"야, 내가 생각해 봤는데, 우리들 열두 명밖에 없는 데 무슨 지도자냐? 우리가 돌아가면서 우리를 대표하는 게 나을 것 같아. 그게 민주주의잖아."

"그래, 그것 좋은 생각이다!"

"그럼, 다음 지도자는 내가 할께!"

"지도자가 아니라, 대표자야!"

"그래, 그럼 다음 대표자는 내가 할께!"

"너가 왜? 내가 할 거야!"

"너는 뭐가 달라? 너가 할려면 내가 하겠다!"

"그러지 말고 우리 가위, 바위, 보로 정하자!"

"아니야, 스유가 뽑아야 해!"

"아니야, 선거를 하자! 다수표를 얻은 사람이 다음 지도자야!"

"그러면, 돌아가면서 하는 게 아니잖아."

"아니, 지도자였던 사람은 한 번씩 다 돌아갈 때까지 다시 지도자가 안 되는 법으로 하면 되잖아."

"그래, 그러면 선거로 돌아가면서 하는 거다!"

"찬성!"

"나도!"

그때 동낙이 입을 연다.

"난, 지도자건 대표자건 되고 싶지 않아! 그러니 너희들끼리 돌아가면서 해!"

그리고 동낙이 자리를 뜬다. 그러자 자중도 대표자에 관심이 없다고 말하고 동낙을 뒤따라갔다.

분열

새로운 대표자가 탄생했다. 하지만, 한 달도 채 안 되어 대표자는 사임을 표명했다.

"난, 책임감이 너무 무거워서 하기 싫어. 마음 놓고 놀 수가 없잖아."

"그럼, 또 선거를 하자! 대표자가 스스로 사임을 했으니!"

그리고 또 다른 대표자가 탄생했다. 새로운 대표자는 고단을 마음속에서 따르던 소년이었다. 그리하여 고단의 정책을 모방하였다.

"섬에서 산다고 문명사회에서 살던 버릇을 버리면 짐승이나 마찬가지야. 난 고단의 신념을 믿어."

하지만, 소년들은 반발을 하고 일어섰다.

"안 그래도 슬픔을 벗어나야 하는데, 또 다시 고단의 추억을 떠올리게 하면 어떻하냐?"

"맞아. 너는 대표자로서 자질이 부족해!"

263

그리하여, 대표자가 된 지 일 주도 못 되어 자리에서 내려와야 했다.

"새로운 선거를 해야 해!"

그리고 또 다른 대표자가 권력을 잡게 되었다.

"너희들에게 자유를 맘껏 누릴 수 있는 기회를 주겠어!"

그리고 새로운 대표자는 책임감도 없이 놀고먹기를 일삼았다.

몇 주가 지났다. 한 소년이 불만을 토로한다.

"내 차례까지 기다리기 싫어."

"뭐?"

"지금 내가 대표자가 돼야겠어."

"왜?"

"지금은 나를 따르겠다는 애들이 너를 따르겠다는 애들보다 더 많잖아. 애당초 고단도 과반수의 찬성을 못 받아서 자리에서 내려왔었어. 그러니 너도 내려와야 해!"

"하지만, 난 아직 임기가 남아있어!"

그리고, 소년들은 분열되기 시작했다. 소년들이 나뉘어져 두 명의 대표자가 각각의 무리를 대표하기 시작한 것이다. 선거를 하지도 않고 새로운 대표자가 자신을 따르는 소년들의 대표자 행세를 하기 시작했기 때문이다. 그러자, 며칠이 지나지 않은 어느 날, 또 다른 소년이 대표자임을 자처하고 나섰다.

"난, 너희 둘 보다 더 현명해! 학교 다닐 때도 내가 너희 둘 보다 성적이 더 좋았어."

그리하여, 두 집단은 세 집단으로 나누어 졌다.

그렇게 시간이 흘렀다. 그리고 어느 날부터, 소년들은 세 집단을 통일하여 하나의 집단을 만들고, 모두의 대표자가 되겠다는 야욕을 품게 되었다. 그리하여, 매시간 갖은 수단과 방법을 다 해서 다른 집단의 소년들을 끌어오려고 혈안이 되어 있었다. 어떤 때는 감언이설甘言利說 로 유혹을 하기도 하고, 어떤 때는 협박을 하기도 하고, 다른 때는 폭력을 휘두르기도 했다. 집단을 통일하여 유일한 대표자가 되는 것이 소년들의 목표가 되어 버린 것이다. 그렇게 소년들은 당파싸움을 하면서 불안한 사회를 이루며 살아갔다.

죽음

시간은 흘렀다. 어느 날, 자중과 둘이서 살던 동낙이 심한 배탈을 호소하더니 열이 불덩이처럼 오르기 시작했다. 그리고 하루 밤을 넘기지 못하고 죽어버렸다.

동낙의 죽음으로 소년들은 멍하니 넋이 나가 버렸다. 아무도 죽음의 원인을 몰랐기 때문이다. 사실, 아무도 죽음의 의미조차 모르고 있었다. 그리고, 동낙의 죽음으로 인한 충격을 해소하기도 전에, 자중도 숨을 거두었다. 소년들은 두려움에 사로잡히기 시작했다. 자신들의 행동에 대한 댓가를 치러야 할 것이라던 고단의 말이 생각났기 때문이다.

"이것이 업보라는 것인가?"

"우리가 뭐를 그렇게 잘못했지?"

소년들은 기운을 잃기 시작했다.

이후, 새파랗게 젊던 소년들은 이유도 없이 쇠약해졌고, 하루가 멀다 하고 수명을 달리해 나갔다. 그 때마다 남은 소년들은 죽은 소년들을 땅에 매장하고 묘비를 만들었다. 그렇게 시간이 지나면서 여덟 명이 남고, 다섯 명이 남고 마지막 한 명이 남더니 결국 모두가 죽었다.

생존

한편, 부영은 떨어지다가 나무뿌리를 잡고 가까스로 살아남은 후, 도프와 소년들이 무서워서 동떨어진 곳에 숨어 살고 있었다. 소년들이 자신의 묘비를 세운 것을 알고 있었지만 소년들 앞에 나설 용기가 나지 않았다. 그래도, 부영은 항상 먼 계곡 위에서 소년들, 특히 동생인 자중을 종종 관찰하고 지냈다.

그러던 어느 날, 부영은 자중의 모습이 보이지 않고, 얼마 지나지 않아 소년들의 움직임이 전혀 없는 것을 포착하게 되었다.

"왜, 아무도 안 보이지?"

자신이 모르는 사이에 구조대가 왔었을 수도 있을 것이라
는 생각이 들자 부영은 초조해졌다. 그리하여 부리나케
소년들이 살던 곳으로 내려왔다. 하지만, 부영이 발견한
것은 열네 개의 묘비뿐이었다.

"전부 죽었어!"

도프의 묘비는 없었고, 마지막으로 살았던 소년은 자던
곳에서 누운 채 숨을 거두었다.

"무슨 일이야? 짐승들의 습격이 있었나?"

하지만, 죽어 있는 소년에게는 상처가 하나도 없었다.

부영은 주위를 돌아보다가 마지막 소년이 써 놓은 일기장
을 발견했다. 그리고, 자신이 사라진 날 이후로 소년들이
어떻게 생활했었는지 구체적으로 알게 되었다. 기록에는
부영이 죽은 사실에 대해서도 적혀있었다. 소년들이 충격
을 먹었다고는 하지만, 그렇다고 부영을 그리 좋게 묘사
하지는 않고 있었다.

"뭐야? 정말로 전부 죽은 거야? 이제 나 혼자야?"

부영은 자중의 묘를 찾아갔다.

"이제 어떻게 해!"

부영은 눈앞이 깜깜했다. 그리곤 제 자리에 털썩 주저앉
아 버렸다. 동생이 죽었다는 사실도 가슴에 와 닿지 않았
다. 그리곤 어떻게 잤는지도 모르게 잠들어 버렸다.

일기

"열심히 살다보면 구조대가 금방 찾으러 올 거야."

다음 날, 눈을 뜬 부영은 용기를 내기로 다짐한다.

"절벽에서 떨어졌어도 살았으니, 난 하늘이 지켜주고 있는 거야."

자신감이 생기자 부영은 스스로를 위로했다.

"고단이 하라던 대로 살면 건강하게 살 수 있어."

부영도 고단이 옳은 길을 가고 있었다는 사실을 잘 알고 있었던 것이다.

부영은 우선 마지막으로 숨을 거둔 소년을 파묻은 후, 문명사회에서 살던 시절을 기억하면서 규칙적인 생활을 하기 시작했다. 종종 금식도 하고, 조상에 대한 제사도 지내고, 읽은 책을 읽고 또 읽으면서 하루하루를 건강하게 살려고 노력했다.

그리고, 어느 날 부터 부영은 시간이 날 때마다 글을 써 내려가기 시작했다. 소년의 일기에 안 좋게 묘사되어 있는 자신의 모습을 멋있게 뜯어 고쳐야 한다는 생각이 들었던 것이다.

"저 일기와 같이 구조됐다가는 유치장을 가게 될 수도 있어."

그리하여, 부영은 소년이 남긴 일기를 참조하면서 자신을 영웅으로 하는 소설을 써내려갔다.

"나를 나쁜 놈으로 기억하게 하면 안 되지!"

그리고 어느 날, 소년의 일기를 더 이상 참조하지 않아도 되겠다는 생각이 들자마자 부영은 곧바로 소년의 일기를 불태워버렸다. 부영은 모두가 죽었다는 사실이 천만다행이라는 생각까지 들었다.

"내 책을 팔아서 많은 돈을 벌어야지! 부모님이 자랑스러워하실 거야! 후후후!"

부영은 유명인이 되어 으리으리한 집에서 떵떵거리며 사는 자신의 모습을 상상하였다.

부영의 소설이 완성된 지 오랜 시간이 흘렀다. 하지만, 구조대는 여전히 보이지 않았다.

"나도 조만간 아무도 모르게 죽을 수도 있겠어... 나를 알던 사람들이 무척 슬퍼하겠지?"

역사

오랜 세월이 흘렀다. 어느 날, 배 한 척이 섬에 도착했다.

"표류됐었나?"

선원들은 무인도라고 생각했던 섬의 바닷가에서 인간이 살았던 흔적을 찾았다..

"여러 명이 살았던 것 같은데?"

"원시인 부락이었나? 그런데 전부 어디 갔지?"

"멸종됐나봐?"

"이렇게 살기 좋은 곳에서?"

"원시인이 아니야. 여기 봐, 묘비가 있어."

"우리글을 알던 사람들이었어! 이리와 봐!"

선원들이 부영의 글을 발견한 것이다. 선원들은 온 섬을 뒤졌지만, 살아 있는 자는 아무도 없었다. 선원들은 줄지어 있는 묘비의 사진을 찍은 뒤, 부영의 글을 들고서 배로 돌아와 항해를 다시 시작했다.

배 안에서 선원들은 부영의 글을 읽었다. 그리고 모두가 눈시울을 적셨다. 너무나 희생적이고 감동적인 이야기였기 때문이다.

"그토록 어린 나이에... 타고난 영웅이었어!"

이후, 부영의 모험담은 전 세계에 알려졌고, 부영은 영웅 대우를 받으면서 역사에 기록되었으며, 정부에서 지원하는 박물관과 가무덤까지 세워졌다. 그리고, 부영의 가족들은 부영의 책과 이름으로 많은 돈을 벌어들였다. 하지만, 그 어느 누구도 부영의 마지막을 슬퍼하는 자는 없었다.

〈끝〉

저작권

바보

© 황 범정 2022

서명: 바보.

지은이 : 황 범정

발행일: 2022 년 4 월 27 일

펴낸곳: 黃土白空 황백사 (https://hwangbek.com)

등록번호: 제 2021-000172 호 (2021 년 3 월 15 일)

주소: 서울시 강남구 강남대로 584, 6 층 280

연락처: hwangbekbook@naver.com (010-9952-1926)

도서번호ISBN: 979-11-91674-30-9